나의 가치를 높여주는 좋은 만남

나의 가치를 높여주는 좋은 만남

사이토 시게타 지음 | 홍영의 옮김

동해출판

'좋은 만남' 이 풍부한 인생을 가져다준다

'매일 재미있고 즐거운 인생' , '사람과 만나고 있으면 마음이 온화해지
는 인생' , '언제나 꿈이 있는 활기 넘치는 인생' 등등.

이렇게 나열해 보면 욕심이 많은 것 같지만, 이런 '풍부한 인생' 을 보내고
싶은 것은 누구나 바라는 솔직한 심정일 것이다. 이중에서 하나만이라도
달성된다면 그 밖의 것은 연쇄 반응식으로 전부 달성될지도 모른다.

그러나 누구나 바라는 풍부한 인생은 단지 막연히 생각만 하고 있어서
는 그렇게 간단히 달성되지 않는다. 거기에는 보잘것없고, 적어도 좋으니
어떤 지혜가 역시 필요하다.

원래 인생이란 자기 혼자 살고 있으면 되는 것이 아니다. 가족이 있고,
직장 동료든, 초면의 사람이든 자신을 둘러싸고 있는 모든 사람들과 모나

지 않게 어떻게 잘 지내는가가 중요한 포인트다. 그리고 대수롭지 않은 인간적 배려나 마음을 두루 쓰는 것이 풍부한 인생을 가져다주는 계기가 되는 것이 사실이다.

나는 2006년 3월 21일이면 만 90세가 된다. 지금까지 내 자신의 긴 인생을 뒤돌아다보았을 때 절실히 느끼는 것이 있다. 그것은…

'다시 꼭 만나고 싶다' 이다.

이런 말을 다른 사람이 한다면, 그 사람은 이미 풍부한 인생을 충분히 즐기고 있다는 것이다. 왜냐하면 '좋은 만남'이 반드시 풍부한 인생을 만든다는 것은 내게 있어 가장 훌륭한 체험 중 하나이기 때문이다. 그렇게 하기 위해서는 어떻게든 대수롭지 않은 마음을 두루 쓸 필요가 있다. 여기서 말하는 '마음을 두루 쓴다는 것'은 '좋은 만남'을 갖기 위한 마음가짐이다.

그래서 나는 자신의 여러 가지 체험을 토대로 풍부한 인생을 만드는 '좋은 만남'의 힌트를 될 수 있는 한 평소의 생활 스타일에 맞추어서 10가지로 정리해 보았다.

10가지라는 수는 '좋은 만남'을 확립하기 위해 많지도 않고 적지도 않은 아주 적당한 '수'라고 생각한다. 나의 머릿속에서 막연히 생각해 낸 '수'라는 것이다.

어려울 것은 아무것도 없다. 원래 어려운 것을 싫어하는 내가 자기 체험을 요령 있게 정리한 것이기 때문에 마음 편히 스스로 체크해 보기 바란다.

그리고 그 결과를 부디 활용하기 바란다.

① 칭찬을 아끼지 않고 잘하는 사람이 되자.

② 꾸짖기를 잘하는 사람이 되자.

③ 말을 잘하기보다 귀를 기울여 잘 듣는 사람이 되자.

④ 큰 욕망보다 조그만 욕망을 이루자.

⑤ 약속을 지키는 사람이 되자.

⑥ 순수한 마음을 소중히 할 줄 아는 사람이 되자.

⑦ 감사하는 마음을 잊지 않는 사람이 되자.

⑧ 실수나 실패에 의기소침해지지 않는 사람이 되자.

⑨ 노는 마음을 갖는 사람이 되자.

⑩ 무엇이든 여유로울 수 있는 사람이 되자.

이 책에서 전개할 '좋은 만남'의 힌트 10가지는 다음과 같다.

이 10가지 힌트에 대해서, 내 자신의 '좋은 만남'의 체험이 되었던 것들을 소개하여 실제로 어떤 효과가 있었는가를 상세하게 소개하고자 한다.

또 일본의 역사 인물을 사례로 든 것은 '좋은 만남'이 보여 준 최고의 예라는 것을 알아주기 바라는 마음에서다. 특히 메이지유신 전후의 유명한 몇몇 인물은 내게 있어 풍부한 인생의 본보기이기 때문이다.

아무튼 그들의 공통점은 '좋은 만남'이 가져다준 인간적 매력이었다고 해도 과언이 아니다. 왠지 까닭 없이 다시 한 번 만나고 싶어지는 사람', '특별한 용무는 없지만 역시 만나고 싶은 사람', '언제까지나 마음속에 남아 있는 사람.'

어디서든 누군가가 이런 식으로 당신을 생각하고 있기를 바라는 마음에서 나는 이 책을 정리했다.

풍부한 인생이란 아득히 먼, 손이 닿지 않는 곳에 있는 것이 아니라 당신 주변 가까이에 살며시 놓여 있다. 다만 이것을 깨닫지 못한 사람이 의외로 많다는 것이다.

자신은 알고 있는 것 같으면서도 의외로 모르고 있는 자신의 장점을 재확인하기 위해서도 '좋은 만남'의 계기를 갖는 것은 중요하다.

이 책을 읽고 풍부하고 충실한 인생의 무대에 설 수 있기를 진심으로 바란다.

－사이토 시게타

:: 차례

Part 1

'칭찬을 잘하는 사람에게는
감동의 만남이 있다'

사람과 사람이 만날 때는 그 사람에게 어떤
감동을 줄 것인가에 관심을 갖는다. 그렇게 하면 감동을 찾을 수 있다.

어머니는 모두 '칭찬을 잘한다'

'저 사람은 참으로 '칭찬' 하는 법이 훌륭하다.'

우리 주변에 이런 평가를 받고 있는 사람은 몇이나 될까? 유감스럽게도 틀림없이 'NO' 하고 대답하는 사람이 많을 것이다.

그렇다면 반대로 우리 주변에

'기회만 있으면 험담이나 꾸짖으려고 하는 사람이 있는가?'

하고 물으면, 이번에는 'YES' 하고 대답하는 사람이 많을 것이다.

실은 험담이나 꾸짖을 줄은 알아도 칭찬은 제대로 하지

못하는 것이 현대인의 특징 중 하나다.

현대 사회에서는 '좋은 일'을 하는 것을 당연시 하면서 '나쁜 짓'을 하면 꾸중을 듣는다는 '감점주의'의 사회이기 때문이다. 감점주의 사회에서는, 왜 감점을 당하는가를 설명하기 위해서는 나쁜 면을 지적하지 않을 수 없다. 이 때문에 아무래도 칭찬할 기회는 적고 꾸짖는 기회만 많아지는 것이다.

이것이 '감점주의'의 사회라면 그 사람의 무엇이 평가되고 있는가가 문제가 되기 때문에, 아무래도 칭찬하는 일이 많아진다.

이것은 현대 사회에서의 문화 차이의 하나라 할 수 있을 것이다. 칭찬받기 위해서는, 때로는 개성을 신장시키는 것도 중요하지만 꾸중 듣지 않기 위해서는 될 수 있는 한 개성을 억제시키고 눈에 띄지 않도록 하는 것이 무난하다. 또 칭찬받기 위해서는 자기주장도 필요하지만 꾸중 듣지 않기 위해서는 협조하는 것도 필요하게 된다.

그런데도 칭찬을 잘하는 사람이 있다. 그것은 어린아이를 둔 어머니다.

"아이고, 잘한다! 우리 아기 일어섰네, 일어섰어! 정말

장하다."

"우리 아기, 오늘 '엄마~' 하고 말했어요. 장하죠?"

일어섰다고 해서 칭찬하고, 말했다고 해서 칭찬한다. 어머니는 도대체 하루에 몇 번 아이를 칭찬하고 있는 것일까? 불가사의한 것으로, 대부분의 여성이 이렇게 어머니가 되는 순간에 칭찬을 잘하는 사람으로 저절로 변하는 것이다.

어떤 여성이라도 어머니가 되면 칭찬을 잘하게 된다고 말하고 싶겠지만 유감스럽게도 개중에는 자신의 아이를 바닥에 내동댕이치거나 때리는 영아 학대의 가해자도 급증하고 있다. 육체적으로는 어른이라도 정신적으로는 어른이 되지 못한, 아이와 같은 부부가 아이를 낳으니 영아 학대가 늘어나는 것이 당연하다.

그러나 아이와 같은 부부가 아이를 낳는다는 것은 그다지 현대의 특유한 현상은 아니다. 일찍이 봉건사회에서는 15세의 남편과 13세의 아내라는 부부 형태가, 특히 귀족이나 양반 사회에서는 흔한 일이었다.

그래도 영아 학대라는 문제가 일어나지 않았던 것은 으레 유모가 있었기 때문이다. 베테랑 대리모가 자녀를 양육

하고, 진짜 어머니는 사랑의 노래를 부르며 연애에 몰두했던 것이다.

흥미 있는 것은 이 시대의 여성의 노래 중에는 모성애를 느끼게 하는 것은 거의 없다. 그런데 백제 사람으로서 일본으로 건너간 '야마노우에노 오쿠라'는 '내 자식은 어떤 보물보다 훌륭하고 소중하다'라고 읊고 있다.

그러면 서민의 가정에서는 어떠했는가 하면, 알다시피 근대화 전까지는 대가족 형태를 이루고 있었다. '15세에 누이는 시집가고' 아이를 낳았다 해도 육아의 베테랑인 조모나 큰어머니 같은 분이 가까이 있어서 어린 모친의 잘못을 지도해 가며 자녀의 양육을 거들어 주었다.

그러나 현대에는 결혼하면 독립하여 다른 곳에서 부부끼리만 살기 때문에 가까이에서 도와주는 사람이 아무도 없다. 게다가 현대의 20세, 25세의 아내들은 옛날의 15세 아내들보다 어른스럽지 못하다. 그녀들은 이것저것 모두 모친에게 맡기고 모친에 의지하며 자랐기 때문에 이런 환경이나 상황이 영아 학대나 육아 노이로제의 배경이 되는 것이다.

그런데 그런 현대이기는 해도 어머니가 되면 갑자기 칭

찬을 잘하는 여성이 압도적으로 많은 것은 누구나 부정할 수 없는 사실이다. 마치 유전자에 들어 있던 '칭찬 잘하는 유전자'가 갑자기 눈을 뜨고 활동을 개시하는 것 같은 느낌이다.

그런데 그렇게 칭찬을 잘하던 어머니의 모습도 어느 시기가 되면 차츰 사라지게 된다. 아이가 어느 정도 나이를 먹게 되면 사회에 대한 적응 능력을 키워주어야 하기 때문이다.

'사회에 나가도 부끄럽지 않은 아이로 키워주어야 한다.'

착실한 어머니라면 이와 같은 생각을 한다.

그 결과 사회에서 나쁘다는 것은 나쁜 것이라고 가르치게 되고, 차츰 칭찬하는 것보다 꾸짖는 경우가 많아지게 된다. 감점주의의 사회에 적응할 수 있는 아이로 키우려고 생각하기 때문에 이것은 어쩔 수 없는 일이다.

그리고 그렇게도 칭찬을 잘하던 어머니가 잔소리 잘하는 어머니로 변하거나 교육 마마가 되곤 한다. 이런 어머니의 변화를 나는 부모가 자식으로부터 정신적으로 떨어져 자립할 수 있도록 하는 의식의 일종이라고 생각한다.

이것은 사자나 여우 같은 동물이 먹이를 사냥하는 방법이나 위험에서 도망치는 방법 등 살기 위한 기본을 가르쳐주기만 하고, 그 다음은 새끼를 떼어놓는 것과 같은 것이다. 어미와 새끼는 글자 그대로 떨어져 있는 것이다.

그런데 인간의 경우는 아이가 멀리 떨어져 있는 대학에 입학하거나 사회인이 되는 것을 제외하면, 부모와 함께 지내는 것이 보통이다. 그래서 물리적으로는 같은 지붕 아래에 있지만 정신적으로는 떨어져 생활해야 한다.

아이의 비행이나 가정 내 폭력, 마더 콤플렉스나 등교거부 등 아이와 부모의 온갖 문제는 정신적으로 자식이 부모에게 의존하지 않고 자립하는 것, 부모가 자식의 자주성을 존중하여 지나치게 간섭하지 않는 것이 원만히 이루어지지 않는 데서 일어난다.

이렇게 하여 결과적으로는 자녀 양육에 실패하는 부모도 적지 않은데, 그런 부모로서도 자녀 양육의 원점인 자신의 아이를 칭찬한다는 의미에서는 누구나 달인인 것이다.

그리고 또 그런 어머니들은 어머니의 심정이면 누구나 칭찬을 잘할 수 있게 된다는 것을 우리들에게 가르쳐 주고 있다.

point 2

칭찬하는 사람이 빛나 보일 때

그러면 어린아이의 어머니는 왜 그렇게 칭찬을 잘하는 사람이 될 수 있는 것일까?

그것은 말할 것도 없이 본심에서의 기쁨이 있기 때문이다.

'자신의 일처럼 기뻐한다.'

라는 말이 있는데, 어머니는 바로 이 말과 같이 자신의 아이가 걸을 수 있게 되었다는 것, 말을 할 수 있게 된 것이 자신의 일처럼 기쁜 것이다. 그 감동, 그 기쁨이 칭찬하는 말로써 넘쳐 나오기 때문에 칭찬하고 있는 어머니까지도 빛나 보인다.

실은 이 빛남이 칭찬을 잘하는 사람의 공통점이다. 진심으로 상대를 칭찬할 때, 처음에는 칭찬하는 사람이 칭찬받는 사람 이상으로 빛나 보인다. 그리고 칭찬하는 사람의 빛남은 칭찬받는 사람에게 전해지고, 두 사람이 함께 빛나게 되는 것이다.

우리는 종종 이런 광경을 스포츠 세계에서 본다. 올림픽에서 우승이 결정되는 그 순간, 필사적으로 분발한 선수 중 어떤 사람은 기쁨으로 넘쳐 나고, 어떤 사람은 몹시 감동하여 눈물을 흘린다. 그리고 그 순간까지 선수를 키워 온 감독 역시 큰 기쁨에 싸이게 된다.

'잘했어, 정말 잘했어!'

하고 칭찬하는 감독이 빛나 보이고, 그 빛남이 칭찬받는 선수까지도 감싸는 것이다. 물론 이것은 슬픔도 분함도 공유해 온 감독과 선수라는 특별한 관계이기 때문에 당연히 기쁨도 공유할 수 있고, 감독은 선수의 우승을 자신의 일처럼 기뻐할 수 있는 것이다.

그러나 이런 특수한 관계가 아니더라도 빛나는 칭찬을 하는 사람이 있다. 감정이 풍부한 사람들이다.

예를 들면, 당신이 양복을 살 때의 장면을 상상해 보기 바란다. 탈의실에서 당신이 갈아입고 나오면,

"와, 근사해요. 너무너무 잘 어울려요."

하고 점원이 생글생글 웃으면서 칭찬을 해 준다. 그 순간 당신은 점원의 말이 겉치레나 형식적으로 하는 말인지, 진심에서 말하고 있는 것인지 쉽게 판단할 수 있다. 겉치레나 형식의 경우에는 비록 미소 짓는 얼굴이라 하더라도 거기에 빛남이 없다는 것을 본능적으로 알 수 있기 때문이다.

그런데 개중에는 점원인데도 활짝 빛나는 미소를 지으면서 칭찬해 주는 사람도 있다. '어차피 겉치레겠지' 하고 말하는 것이 부끄러워질 정도로 미소 짓는 얼굴로 말이다. 이 사람은 감정이 풍부한 사람이다. 그 양복이 당신에게 어울리는 것을 보고 거기에 감동하기 때문에 거짓이 없다. 때문에 빛나는 미소의 얼굴이 되는 것이다.

게다가 이런 점원은 곧 고객의 마음이 될 수 있기 때문에 당신이 그 양복의 어디에 끌려서 입어 보고 있는가를 꿰뚫어 보고 있다. 예를 들면, 당신의 앞가슴에 있는 대수롭

지 않은 포인트가 마음에 들었다고 한다면,

"그렇게 입고 계시니까 가슴의 포인트가 점점 살아나는데요."

라는 식으로……

실로 정곡을 찌르는 칭찬 법이다. 그것도 단지 입으로만이 아니라 본심으로 '근사하다'고 믿고 칭찬하는 것이다. 이렇게 되면 대개의 사람은 기뻐서 그 양복을 사게된다.

이와 같이 칭찬을 잘하는 사람은 감정이 풍부한 사람이기도 하다. '자신의 일처럼 기뻐할 수 있다'는 것도 상대의 기쁨을 그대로 느낄 수 있기 때문이다.

point 3

남의 장점을 기뻐할 수 있는가

'칭찬받아 기분 나쁜 사람은 없다.'

흔히 이런 말을 하는데, 만약 이 말이 정말이라면 칭찬하는 것은 실로 간단하다.

그런데 실제로는 칭찬함으로써 상대에게 불쾌감을 주는 경우가 종종 있다.

예를 들면, 지나친 겉치레 인사를 듣고 기분 좋은 사람은 없을 것이고, 예상이 빗나간 칭찬의 말도 빈축을 살 뿐이다.

원숙한 명 여배우에게

"당신은 여전히 아름답습니다. 젊은 배우 ○○○ 씨를 꼭 닮았습니다."

라는 식으로 말하면 어떨까? 기분이 좋을 리가 없다.

"정말 미안하네. 그쪽이 나를 닮았겠지."

하고 입에는 담지 않지만 반발한다.

또 내가 아는 사람 중에 술 좌석에서 상사의 부인을 칭찬하다 실수한 사람도 있다.

"과장님의 부인은 정말 멋지십니다. 저 같은 부하직원이 놀러가도 조금도 싫은 기색 없이 환대해 주니 말입니다. 역시 좋은 아내를 얻고 볼 일입니다. 그런 부인이 있기 때문에 남자가 출세할 수 있는 게 아닐까요?"

겉치레도 아니고, 정말로 좋은 부인이라 생각하고 칭찬한 것 같다. 그런데 과장은 화를 낸 것이다.

"아내를 칭찬해 주는 것은 자네 마음이지만, 아내 덕분에 내가 출세했다는 것은 너무 실례되는 말투라고 생각지 않은가. 기분 나빠 먼저 실례하겠네."

하고 돌아가 버렸다. 그 후로 과장은 필요한 최소한의

말밖에 하지 않게 되었다고 한다. 그것도 그럴 것이 과장 부인이 원앙 부부라면 아무 문제가 없었을 텐데, 실은 부인의 바람기가 원인이 되어 이 부부는 이혼을 전제로 별거중이며, 변호사를 사서 이혼 조건을 상의하고 있을 때였다고 한다.

자신을 배신한 미운 아내를 칭찬하고, 게다가 과장이 될 수 있었던 것은 그 아내 덕택이라는 말을 듣는다면 재미있을 리 없다.

이 사람의 경우도 그렇지만 칭찬하는 법으로 실수하는 사람의 공통점은 관찰력이 없다는 것이다. 관찰력이 있으면 퇴근 후에는 으레 한 잔 하러 가게 되었다거나, 전에는 매일 거울처럼 반짝반짝 하던 구두가 닦여져 있지 않다거나 하는 변화에서 '무슨 일이지?' 정도의 의문은 가질 것이다. 그것이 부인과 별거 탓이라고까지는 모른다 해도 적어도 부인에 대한 것을 화제로 했을 때 과장의 변화를 알아채고 도중에 화제를 바꿔야 할 것이다.

또 칭찬을 잘하는 사람은 상대가 무엇을 칭찬해 주면 기뻐할 것인가를 잘 알아차린다. 예를 들면, 당신이 해외여행을 가서 명품인 스카프를 사 왔다고 하자. 그것을 아무렇

지 않게 사용하고 있어도

"와, 그 스카프 정말 멋지네. 색상이 당신 분위기와 꼭 맞는 것 같아."

라는 식으로 즉석에서 칭찬해 준다. 마음에 들어서 비싼 돈을 주고 사 왔는데도 칭찬해 주니 정말 기쁘지 않을 수 없다.

혹은 당신이 대담하게 머리를 잘랐을 때 대부분

"왜 그래? 실연이라도 한 거야?"

하고 놀리거나

"어머, 머리 잘랐어? 아주 활동적인 분위기인데. 정말 좋아. 길 때와는 또 다른 매력이 풍기는데."

라는 식으로 칭찬해 주는 사람이 있으면 기쁨과 동시에 마음이 놓일 것이다.

칭찬을 잘하는 사람은 단지 관찰력이 뛰어날 뿐만 아니라 상대의 기분을 맞출 수 있는 감정 또한 풍부하다.

'저 사람은 자신의 새로운 헤어스타일에 대해 다른 사람들이 어떻게 평가할지 틀림없이 신경 쓰고 있을 거야.'

라고 생각한다면 상대를 안심시키는 칭찬도 할 수 있는 것이다. 또 남성 잡지 같은 곳에

'아무리 못생긴 여자라도 반드시 좋은 점이 있다. 그것을 칭찬하면 된다.'

라는 문구가 종종 있다. 게다가 정중하게

'맑은 눈이 너무 아름답습니다.' '손가락이 너무 예쁩니다.'

라는 식으로 칭찬하는 말까지 열거해 있다. 거기다

'어떤 여성에게나 하나 정도는 반듯한 데가 있을 것이다.'

등등의 문구가 있으나 틀림없이 여성이 읽으면 화낼 것이다.

그런데 젊은 남성 중에는 이와 같은 문구를 그대로 사용하는 사람도 있는 것 같다. 그리고 그런 젊은이들이 깨닫는 것은 칭찬하는 말이 차츰 줄어든다는 것이다.

'맑은 눈이 너무 아름답습니다.'

이런 칭찬을 들은 여성은 처음에는 몹시 기쁜 표정을 짓는다. 그러나 이 효과가 지속하는 것은 고작 두세 번이고, 차츰 칭찬 받았을 때의 감동이 줄어든다. 좋아하는 음식도 매일 먹으면 물리는 것과 마찬가지인데, 이런 것을 심리학에서는 '심적 포화' 라 일컫고 있다.

예를 들면, 패스트푸드점에서 처음에는 그저 '어서 오십시오'였던 것이 어느 새 '안녕하십니까, 어서 오십시오' 하고 '안녕하십니까'를 붙이게 되었다. 처음에는 이 '안녕하십니까'가 매우 신선하게 느껴졌었는데, 익숙해지자 아무것도 느낄 수 없게 되어 버렸다.

선술집 중에는 주문을 받으면 '알겠습니다. 정성을 다해 모시겠습니다' 하고 대답하곤 하는데, 이 '정성을 다해 모시겠습니다'도 처음에는 호감 있게 받아들이더니 익숙해지자 '거짓말 마' 하고 생각하게 되었다.

아무튼 이 말들은 젊은이들로부터 들은 이야기이지만 이런 형식적인 말에는 마음이 담겨 있지 않기 때문에, 특히 '심적 포화' 상태가 빠르게 진행되는 것 같다.

눈이 아름답다는 말을 듣고 처음에는 기뻤어도 이 '심적 포화' 상태가 되면 기쁘기는커녕

"내게는 눈밖에 칭찬할 것이 없다는 거야?"

하고 칭찬을 받는 데 초조함을 느끼게 되는 것이다. 그러므로 칭찬을 잘하는 사람은 결코 같은 칭찬은 하지 않는다. 관찰력이 예리하기 때문에 매일 다른 좋은 면을 알아채기 때문이다.

"당신의 멋진 눈이 '피곤하다' 라고 말하고 있는것 같아요."

"온 몸이 빛나고 있군요. 뭐 좋은 일이라도 있었습니까?"

"당신의 그 머리를 손으로 빗어 올리는 몸짓이 참으로 매력적입니다."

만날 때마다 잇따라 새로운 매력을 발견해 나간다. 게다가 영화의 대사와 같은 아니꼬운 말이라도 칭찬을 잘하는 사람이 말하면 결코 아니꼽다고는 느끼지 않는 법이다. 본심에서 그렇게 생각하고 칭찬하고 있기 때문이다.

사람을 개화시키는 '칭찬하는 말' 이란

칭찬을 잘하는 사람하면, 가장 먼저 떠오르는 인물은 일본의 요시다 쇼잉(吉田松陰, 1830~1859)이다. 그는 막부 말기의 지사 쿠사카 겐스이(久坂玄瑞)와 타카스기 신사쿠(高杉晋作)와 몇몇의 훌륭한 인물들을 양성한 인물인데, 결코 글방의 학생들을 꾸짖지 않고 칭찬함으로써 그들의 능력을 이끌어 냈다고 한다.

한 가지 소개하면,

어느 정월 설날의 일이었다. 글방 학생들이 신년 인사를 하러 왔지만 아무도 수업을 해 달라고 요구하는 학생은 없었다. 하지만 오카다 코사쿠 학생은 수업을 받고 싶다며 찾아왔다. 그 학생의 나이는 겨우 10살이었다.

쇼잉은 맹자 등을 가르친 후, 다음과 같이 자신의 생각을 이야기하며 오카다 코사쿠를 칭찬했다.

"의사(義士)는 모두 감옥에 들어가 있다. 이렇게 일본이 위급한 상황에 처해 있는데, 신년이라고 해서 공부하지 않아도 될 상황은 아니라고 본다. 그런데 학생들은 인사하러 왔어도 누구 하나 수업을 해 달라고는 하지 않는다. 이런 상태에서 어떻게 천하를 논할 수 있단 말인가. 코사쿠는 새해 들어 제일 먼저 수업을 받으러 왔다. 학생들을 앞선 것은 천하를 앞선 것과 같다. 코사쿠 는 이제 겨우 열 살밖에 안 되지만 열심히 면학을 하면 장래에는 헤아릴 수 없는 인물이 될 것이다."

겨우 10살에 불과한 소년이 명성 높은 쇼잉에게 이렇게까지 칭찬을 받으니, 코사쿠의 기쁨이 어느 정도 컸는지는 쉽게 상상할 수 있다고 생각한다. 틀림없이 자신감을 가지고 지금보다 그 이상의 면학으로 노력했을 것이라고 생각한다.

마찬가지로 쿠사카 겐스이에게는 '그 재능을 견줄 상대가 없을 정도다' 하고 칭찬하고, 타카스기 신사쿠에 대해서는 '유식함' 을 칭찬했다고 한다.

학생들은 자신이 존경하는 선생에게 칭찬을 받으면 얼마나 기쁘고 얼마나 격려가 되는가를 쇼잉은 꿰뚫어보고 있었다고 생각한다.

때문에 학생들을 관찰하고 칭찬함으로써 학생들의 재능을 이끌어 낼 수 있었던 것이다.

조그만 일에 감동할 수 있는 마음

이와 같이 칭찬을 잘하는 사람이란 관찰력이 예리하고 상대의 마음을 배려할 줄 아는, 감정이 풍부한 사람을 말한다. 그만큼 아주 사소한 것에도 감동을 불러일으키는 사람이기도 하다. 내가 아는 사람 중에도 그런 사람이 몇몇 있다.

"저기 벚꽃 좀 봐. 아직 꽃은 피지 않았는데도 나뭇가지가 엷은 분홍빛으로 물들어 있는 느낌. 이런 게 봄소식이라고 하는 거 아닌가?"

하고 계속해서 감동하고 있다. 그 말을 듣고 자세히 보면 꽃봉오리의 엷은 분홍빛이 벚꽃 나뭇가지를 감싸고 있는 것처럼 생각하게 된다.

모든 것이 이런 식이니까, 함께 있으면 감동을 남에게 나누어 줄 수 있다.

'그렇구나. 이것이 봄소식인가.'

하고 생각하면 정말로 봄의 숨결을 느끼고 있는 것 같은 기분이 든다. 그것이 마치 가인의 노래나 시 구절에 감동했을 때처럼 이쪽 마음까지도 풍부하게 해 준다.

게다가 칭찬을 잘하기 때문에 이런 사람과는 또 만나고 싶어지는 것이 당연한 것이다. 다만 나에게 문제가 하나 있다. 이런 사람과 만날 때는 패션에 매우 신경을 써야 한다.

언제였을까, 칭찬을 잘하는 사람을 오랜만에 만났는데, 그때

"어머나! 일전에 바둑판무늬 넥타이도 멋졌지만 오늘 넥타이도 양복 무늬와 꼭 맞아서 매력 만점이에요. 과연 베스트 드레서예요."

하는 칭찬의 말을 들었다.

그런데 그 순간 나는 '아차······' 하고 마음속으로 외쳤다. 일전에 이 사람과 만났을 때 오늘 입은 양복과 똑같다는 것을 기억하고 있었던 것이다. 때문에 이 사람은 '오늘 넥타이도······' 하고 칭찬해 준 것이다.

이런 것은 멋에 관심이 없는 사람으로서는 아무래도 상관없는 일이라 생각한다. 그런데 나는 멋을 일상생활에 변화를 주는 소중한 도구의 하나라고 생각하고, 나이 먹을수록 멋에 신경 쓰는 것이 중요하다고 평소부터 말하고 쓰고 있다.

그런 내가 예리한 관찰력을 가진 사람이라는 것을 알면서도 멍청하게 같은 양복을 입고 갔으니, 뭐라 말할 수 없는 창피함을 느낀 것이다. 물론 같은 양복을 입는 것 자체가 창피스러운 것이 아니다. 같은 옷을 같은 옷이라고 느끼게 한, 배려하지 못한 것이 부끄러운 것이다.

그런 일이 있은 후부터 이 사람과 만날 때는 특히 멋에 신경을 쓰고 있는데, 그런 긴장감 역시 즐거운 것이다.

지금까지 여러 가지 예를 다뤘는데, 마지막으로 당신이 칭찬을 잘하는 사람이 되기 위한 비결을 생각해 보자. 이미 깨달은 분도 있으리라 생각하지만, 칭찬하는 것은 감동하는 것이다. 즉, 남을 칭찬하는 것은 자신이 상대를 감싸는 것이다.

"오늘 당신의 패션은 근사합니다. 이 더위를 날려 보내 줄 것 같은 그런 시원스런 색상이군요."

이런 칭찬의 말도 칭찬을 잘하는 사람으로서는 늦더위 속에서 처음 고추잠자리를 본 것 같은 감동이다. 자신의 아이를 칭찬하는 어머니도 그 아이의 성장에 감동하고 있는 것이다. 감동이 있기 때문에 빛나고, 그 빛남은 칭찬하는 상대에게도 전달된다.

그 사람의 근사한 것을 찾는 것이 아니라 그 사람이 당신에게 준 감동을 찾는 것이다. 그리고 그 감동을 말로 나타내는 것이 칭찬이라는 것이다. 칭찬을 잘하는 사람이란 그런 감동을 간단히 찾아낼 수 있는 사람이다.

그러므로 정말로 칭찬을 잘하는 사람은 상대의 용모를 칭찬하는 일은 거의 없다. 감동할 만한 용모의 소유자는 좀처럼 없을 것이고, '미인도 3일 보면 물린다' 는 말이 있듯이 칭찬하는 대상이 되기 어렵다.

그 사람의 표정, 패션의 센스, 행동거지, 몸짓이나 행동, 사고방식, 그 사람의 내면에서 넘쳐 나는 재능이 대상이 되는 경우가 대부분이다.

그런데 가끔 상대의 소지품을 칭찬하는 사람을 볼 수 있다.

"어머나, 그거 루이비통이잖아요. 역시 좋네요, 비통은"

이것은 칭찬한다고 한 것이고, 상대는 칭찬받았다고 생각하는 것이다. 칭찬한 사람은 분명히 비통 손가방에 감동했기 때문에 칭찬하고 있는 것이 사실이다. 다만 칭찬하고 있는 대상이 상대방 사람이 아니라 손가방 그 자체인 것이다.

칭찬을 잘하는 사람은 소지품은 칭찬하지 않는다. 칭찬을 잘하는 사람이 소지품에 감동했을 때는 그 소지품을 고른 그 사람에게도 감동하는 것이다.

당신도 오늘부터 사람과 만날 때는 그 사람에게 어떤 감동을 줄 것인가에 대해 관심을 갖기 바란다. 당신이 그렇게 하려고 하면 감동은 반드시 찾을 수 있다. 사랑하는 자신의 아이나 애인에게서는 항상 감동을 발견하고 있을 것이다.

Part 2

마음을 확실히 전달하려면
'꾸짖기 잘하는 사람'이 되자

꾸짖는 방법은 예전보다 어려워졌다. 때문에 왜 잘못인가를
이성적으로 잘 알아듣도록 타이르듯이 설명해 주어야 한다.

화내는 것과 꾸짖는 것의 차이

"몇 번을 말해야 알아듣니? 옷에 손을 닦으면 안 된다
고 했잖아!"

공원에서 큰 소리로 자신의 아이를 꾸짖고 있는 엄마가
있다. 아니, '꾸짖고 있는 것'이 아니라 '화내고 있는 것'
이다. 야단맞는 아이는 겁먹은 표정으로 엄마의 얼굴을 바
라보며 울지 않으려고 애쓰면서 주머니에서 손수건을 꺼
낸다.

이런 광경을 보게 되면 마치 무너져 가고 있는 세계 유산을 보는 것 같아 안타까운 마음으로 그 모습을 지켜보게 된다. 요즘 대부분의 어머니들은 많은 사람들 앞에서 아이를 야단치거나 하지 않는다. 그런 경우에도

　　"애도 참, 옷에 닦으면 안 되잖아. 자, 손수건."

　　하고 아이의 손을 손수건으로 닦아 준다. 상냥한 어머니다.

　　그런데 약 10년 전까지는 아이를 야단치는 어머니는 어디에나 있었다. 예를 들면, 아이가 장난감가게 앞에서 장난감을 갖고 싶어 사 달라고 조른다.

　　"뭐? 장난감 사 준 지 얼마나 됐다고! 자, 어서 가!"

　　엄마가 아이의 손을 잡아끌려고 하자 아이는 손을 뿌리치고 그 자리에 주저앉아 구르면서 '사 줘, 사 줘' 하며 큰 소리로 울부짖는다.

　　"엄마 혼자 간다. 너 길 잃어도 엄마는 몰라."

　　엄마는 울부짖는 아이를 무시하고 총총걸음으로 걷기 시작한다. 그래도 아이는 울음을 그치지 않는다. 엄마의 모습이 점점 멀어져 가는 것을 보자 아이는 당황해하며 벌떡 일어나 울면서 엄마의 뒤를 쫓아 뛰어간다.

요즘의 엄마들이 이런 광경을 보면 틀림없이 꼴사납다고 생각하지 않을까? 그런데 훨씬 가난했던 시대에는 지금처럼 아이가 원하는 것은 무엇이든 사 준다는 것은 불가능했고, 이른바 이것은 엄마와 아이의 싸움이 되었던 것이다.

아이가 어렸을 때는, 아이는 감정적인 부모의 노여움을 느낌으로써, 해서는 안 될 것을 체험으로 배워 간다. 그러나 아이가 조금 자라면 아이도 잠자코 있지는 않는다. 엄마와 아이가 서로 고함지르게 되고, 그렇게 되면 '어느 쪽이 옳은지 아빠에게 물어보자' 하게 된다.

이렇게 하여 아빠가 등장하게 되는데, 아빠는 우선 두 사람의 주장을 듣는다. 그래서 두 사람 모두 잘못이라고 하면 좋겠는데, 만약 아이에게 잘못이 있다고 하면 아이는 엄마보다 훨씬 호되게 아빠에게 야단을 맞는다. 이 말에 반론할 사람은 없을 것이다.

이것이 일반적이며, 이성적으로 아이에게 무엇을 잘못했는가를 타이르는 아빠는 극히 드물었다. 그러나 그런 부모의 노여움으로 인해 아이는 싸울 것을, 또 싸워 이기기 위해서는 올바른 이유가 필요하다는 것을 무의식중에 배우게 되는 것이다.

나의 이런 생각에 의해 아이를 야단치고 있는 어머니를
보면, '틀림없이 이 아이는 늠름하게 성장해 나갈 것이다'
하고 미소 짓게 된다.

칭찬할 때는 감정적으로,
꾸짖을 때는 이성적으로

'칭찬할 때는 감정적으로, 꾸짖을 때는 이성적으로.'

라는 말이 있다. 우리가 어렸을 때는 이성적으로 꾸짖을 수 있는 사람은 매우 적었다. 앞의 이야기처럼 엄마와 아이의 싸움을 이성적으로 중재하는 아빠조차도 드물었다.

뿐만 아니라 엄마가 '아버지한테 이른다' 하고 말하면 곧 잘못을 비는 아이도 적지 않았다. 그만큼 아버지는 위엄

이 있었고, '지진, 천둥, 화재, 아버지'라는 말이 있듯이 무서운 존재의 대표였던 것이다.

게다가 아이에게 있어서 무서운 존재는 아버지만이 아니다. 부모는 물론이고 이웃 아저씨나 아주머니의 눈을 속이지 않고서는 나쁜 짓을 할 수 없었다.

예를 들어 가을이 되면, 남의 집 감나무 가지에 먹음직스럽게 익은 감을 보고 그냥 지나치지 못했다. 아이들은 학교에서 돌아오는 길에 그 감을 따먹으려고 했다.

그런데 그런 아이들의 행동을 꿰뚫어보고 계시는지 '역시나' 할 정도로 주인아저씨가 달려 나오며 '이놈들!' 하고 고함을 지르신다. 어떤 날은 운 좋게도 주인아저씨한테 들키지 않는 경우도 있지만, 주변 가까이에 어른이 있으면 그분이 꼭 '이놈들!' 하고 고함을 질렀다.

물론 아이들이 훨씬 빨리 도망쳐서 쫓아와도 잡히는 일은 없었지만, 그래도 가슴이 두근두근할 정도로 긴장하곤 했다.

또 자신보다 작은 아이를 괴롭히거나 하면 가까이 있는 어른이 달려와서 '약한 사람을 괴롭히는 게 아냐!' 하고 야단쳤다.

이와 같이 우리가 어렸을 때는 '칭찬할 때는 감정적으로, 꾸짖을 때는 이성적으로'가 보통이었다. 그리고 아이들은 야단맞으면서도 잘못을 저지르고, 무엇이 나쁜 것인지, 누가 무서운 사람인지 자연히 인식하여 사회에 대한 적응력을 익혀 갔다는 느낌이 든다.

이것은 비유가 별로 좋지 않지만, 사자나 호랑이의 조교와 같아서 야단맞음으로써 자신들보다 어른들이 무서운 존재라는 것을 배웠는지도 모른다.

아버지는 무서운 존재이며, 그 아버지가 머리를 숙이는 학교 선생 역시 무서운 존재였다. 때문에 지금과 같은 학교 교육 붕괴 같은 것은 결코 일어나지 않았다.

가정 내 폭력도 마찬가지다. 어린 시절에 호되게 야단맞은 경험이 있으면, 사자나 호랑이와 마찬가지로 조교를 덮치거나 하지 않는다. 엄하게 키우지 않고 멋대로 자라게 했기 때문에 자신 쪽이 더 힘이 강하다는 것을 인식하는 순간, 조교에게 달려드는 것이다.

그러나 시대를 되돌릴 수는 없다.

이제는 자식을 야단치는 것은 어머니 한 사람으로 되어 버렸다. 그만큼 감정적으로 아이를 꾸짖는 어머니는 귀중

하며, 그런 아버지에게서 자란 아이는 반드시 착실하게 성
장한다.

그런 모자 관계와 비슷한 것이 사제 관계다. 장인(匠人)
세계에서도 지금은 '물건 만드는 대학'이라는 것이 생길
정도니까, 상당히 급변하고 있다.

하지만 그래도 스승의 '감정적 노여움'이 살아 있는 세
계다. 스승에게 야단맞음으로써 제자들은 프로로서의 자각
을 높여 가는 것이다.

'마음 따뜻한' 상사일수록
꾸짖는 것이 서투르다

그런데 모자 관계나 사제 관계를 제외하면 시대가 변했기 때문에 역시 '칭찬할 때는 감정적으로, 꾸짖을 때는 이성적으로'라는 말을 인정하지 않을 수 없다. 특히 업무상 상하 관계에서는 부하직원을 잘 꾸짖지 못하는 상사는 부하직원을 키울 수 없다. 그러므로 이성적으로 부하직원을 꾸짖을 수 있는지 어떤지는 그 상사의 중요한 능력의 하나가 되는 것이다.

정신과의사로 오랫동안 일을 하고 있으면 여러 직장인 환자와 접하게 되는데, 칭찬하는 것이 서툴러서 노이로제나 우울증에 걸렸다는 사람은 보지 못했다. 그런데 '부하직원을 꾸짖는 방법이 나쁘다고 상사에게 야단맞았다' '그래서는 안 된다고 생각하면서도 결국 부하직원을 호되게 야단쳤다'는 것이 원인이 되어, 고민하고 또 고민함으로써 결국 우울증에 걸렸다는 환자는 더러 있다.

칭찬하는 법이 서투르다고 해서 회사를 그만두는 부하는 없겠지만, 꾸짖는 법이 나빠 그만두는 부하직원이 적지 않기 때문에 그 책임을 추궁 당해 노이로제에 걸리는 것은 중간 관리직의 비애 중 하나일지도 모른다.

게다가 최근에는 부모로부터도 야단맞은 일이 없다고 하는 젊은이가 늘어, 타인인 상사에게 호되게 야단맞아서 놀라 이튿날부터 출근하지 않는 경우도 있다고 한다. 그만큼 꾸짖는 법은 예전보다 어려워졌다. 때문에 왜 잘못인가를 이성적으로 잘 알아듣도록 타이르듯이 친절하게 설명해 주어야 한다.

그런데 현실 사회에서는 '이성적으로 칭찬하고, 감정적으로 꾸짖는' 상사가 많다. 예를 들면, 꾸짖고 있는 사이에 점점 분노가 고조되어 이른바 자기 폭발을 일으키는 사람이다. 그 폭발의 유발 원인은 부하직원에게 있지만, 이미 그 부하직원에게는 어떻게 해볼 방법이 없다. 화산의 폭발과 같아서 사과했다고 해서 노여움이 가시는 것도 아니기 때문에 자연히 가시기를 기다릴 수밖에 없다.

몇 번이나 같은 말을 반복해 가며 간죽간죽 화를 내는 사람, 화난 김에 먼 옛날의 실수까지 끄집어내는 사람, 노여움이 차츰 푸념으로 변하는 사람, 대수롭지 않고 자잘한 일까지 간섭하며 지적하는 사람. 이런 사람들도 적지 않다. 그들은 자신의 노여움에 휘둘려 자기 자신도 수습할 수 없는 이런 행동을 하는 것이다.

야단맞고 있는 사람으로서는 쓸데없는 참견이며, 단지 그 사람의 감정이 가라앉을 때까지 참고 있어야만 한다.

이런 상사에게는 어떤 부하직원도 따르지 않는다. 왜냐하면 상사가 호되게 야단치는 것은 부하직원을 위해서가 아니라는 것을 알고 있기 때문이다. 부하직원의 실수가 자신의 출세의 발목을 잡아당기는 것이 두려워 야단치고 있다는 것을 부하직원은 꿰뚫어보고 있는 것이다.

그러면 왜 세상의 상사들은 이렇게 꾸짖는 것이 서투

를까?

그 이유는 단 하나, 꾸짖는 목적을 상실하고 있기 때문이다. 꾸짖는 목적이란 표면적으로는 '같은 실수를 두 번 다시 되풀이하지 않는 것'이기 때문에, 중요한 것은 그 이면에 있는 '부하직원이 실수한 원인을 규명하고 부하직원으로부터 그 원인을 제거한다'는 목적이다. 이쪽이 궁극적 목적으로, 예를 들어 부하직원의 성격에 문제가 있다고 하면 그것을 개선해 주는 것이 같은 실수를 두 번 다시 하지 않게 하는 것과도 결부된다.

이렇게 된다면 부하직원을 위해서 꾸짖는 것이 된다. 노이로제나 우울증 환자에게는 이 점을 강조한다. '상대를 위해 꾸짖고 있다'고 생각한다면 정신적인 부담은 훨씬 가벼워지고, 꾸짖는 방법도 자연히 달라지기 때문이다.

그러면 '상대를 위해 꾸짖는다'는 것은 도대체 어떻게 하는 것일까?

그냥 꾸짖는 것이 아니라
지켜보는 사람이 된다

꾸짖는다는 것은 상대의 실수나 결점을 지적하는 행위다. 당신으로서도 자신의 실수나 결점을 새삼 지적당하면 결코 기분 좋지는 않을 것이다. 이것은 꾸짖는 사람으로서도 마찬가지다. 칭찬하는 것은 마음이 편하지만, 꾸짖는 것은 마음이 무거운 작업이다.

그러므로 꾸짖기를 잘하는 사람은 실수의 책임을 자각하고, 반성하고 있는 사람에게는 그 이상의 질책은 하지 않는다.

"지금의 마음을 잊지 마라."

라고 말하며 어깨를 토닥거려 주는 것만으로 꾸짖는 것 이상의 효과가 나타나기 때문이다. '상대를 위해 꾸짖는 다'는 것은, 이와 같이 효과를 발휘할 수 있다면 굳이 일부러 시끄럽게 꾸짖지 않아도 되는 것이다.

그런데 문제는 자신의 실수에 있다는 것을 깨닫지 못하고 있는 사람이나 자신의 결점에 대해 깨닫지 못하는 사람이다. 우리는 자신의 결점을 전부 알고 있는 것은 아니고, 때로는 실수의 원인이 자신에게 있었다는 것을 깨닫지 못하는 경우가 있다.

예를 들면, 부하직원의 실수로 거래처를 화나게 한 경우에도 그 부하직원은 자신의 발언으로 상대를 화나게 했다는 것을 모르는 경우가 있다. 이런 때 섣불리 꾸짖으면 강한 반감을 사게 된다. 부하직원은 자신의 실수라고 생각지 못하고 있기 때문에 이유 없이 꾸짖는 상사라 여기게 된다.

그래서 상대를 위해 꾸짖는 데 있어서 중요한 것은 그 경위를 상세히 설명하는 것이다. 아무리 결과주의의 시대라고는 하지만 결과가 나빴다고 해서 화를 낸다면, 이것은 상대를 위해서 꾸짖는 것이 아니라 '꾸짖기 위해 꾸짖는 것'이 된다.

예를 들어 자식이 정해진 귀가 시간을 어겼을 때, 어겼다는 이유만으로 야단치는 부모가 있다. 아이가 자신의 사정 때문에 정해진 귀가 시간에 늦어진 경우에는, 틀림없이 아이는 고분고분 사과할 것이다. 그러나 만약 함께 놀고 있던 친구가 복통을 일으키는 바람에 구급차를 불러서 병원까지 함께 따라갔다는 이유가 있었다면 어떻겠는가?

처음 겪는 경험이라 놀라서 어찌 할 바를 모를 것이다. 게다가 친구 가족과의 연락 등으로 인해 정해진 귀가 시간 따위가 문제가 아니었을 것이다. 그런데 이유도 묻지 않고 다짜고짜로 야단친다면 반발도 할 것이고, 부모에 대한 신뢰도 손상되어 버릴 것이다.

그래서 거래처를 화나게 한 부하직원이나 정해진 귀가 시간을 어긴 아이에 대해서 꾸짖으려면 왜 정해진 귀가 시간을 어겼는가, 왜 상대를 화나게 했는가, 왜 실수했는가 하는 경우를 정확히 물을 필요가 있다.

그 경위를 듣고 상대가 나쁘다고 판단했을 때는 거기서

비로소 꾸짖게 되는데, 그 경우에도 무엇을 잘못했는가, 왜 야단맞는가를 정확히 상대에게 이해시켜야 한다.

이것은 꾸짖을 때의 기본 원칙으로, 상대가 왜 야단맞고 있는가를 이해하지 못하면 아무리 꾸짖어도 전혀 효과는 없다.

이와 같이 상대를 위해 꾸짖으려면 우선 첫째로 실수의 원인을 규명하고, 둘째로 상대가 왜 야단맞는가를 설명하고 납득시켜야 한다. 이 작업은 감정적으로 되어서는 안 되기 때문에 이성적으로 꾸짖을 필요가 있다.

이성적으로 꾸짖는다 해도 상대를 이치만으로 막다른 데까지 몰아세워서는 안 된다.

"어떤가, 내 말 뜻을 알겠나?"

"네, 잘 알겠습니다."

"아니, 그 얼굴 표정은 아무래도 잘 알아들은 것 같지 않은데. 대체로 너는……."

이렇듯 마치 쥐를 가지고 노는 고양이처럼 괴롭히거나 상대를 이론으로 굴복시키려는 사람도 있다. 이래서는 역효과로, 이론으로는 납득해도 상대의 감정을 납득시키지 못하게 된다.

"도대체 네가 뭔데……."

"부모(상사)라고 우쭐대지 말란 말이야."

라는 식으로 반발하게 된다. 이래서는 '상대를 위해 꾸짖는 것'이 못된다. 상대가 왜 야단맞는가를 이해하면 그것으로 족하다. 한 번 꾸짖은 문제로 두 번 다시 꾸짖지 않는 것도 상대를 위하는 것이다.

본인이 책임을 느끼고 있는 것을 몇 번이나 반복해서 꾸짖는다면 오히려 역효과가 되며, 꾸짖는 것의 가치 자체도 떨어져 버린다. 하긴 그렇다고 해서 꾸짖기만 하고 그대로 내버려두는 것도 좋지 않다. 상대를 위해 꾸짖었으니까 정확히 경과를 지켜보고, 상대가 좋은 방향으로 변했을 때는 그것을 칭찬해 주는 것이 중요하다.

'자신의 실수를 지적해 주며 정확히 지켜봐야 한다.'

상대가 그렇게 생각했을 때, 당신은 그 상대로서 매우 존경받을 수 있는 매력적인 인물이 되는 것이다.

다만 '좋은 약은 입에 쓰다'고, 상대가 그렇게 생각할 때까지 몇 년, 몇십 년의 시간이 걸리는 경우도 있다. 그래도 당신이 진정 상대를 위해 꾸짖고 있다면, 그 마음은 언젠가 반드시 상대에게도 전해질 것이다.

그리고 상대에게 그것이 전해졌을 때, 당신은 부디 만나고 싶은 사람으로 남게 되는 것이다.

Part ③

'대화를 잘하는 사람'이
좋은 정보와 만난다.

대화를 잘하는 사람은 여러 사람의 지식이나 정보 혹은
사고방식을 알게 된다. 그 결과 정보량이 많아지는 것은
물론이고, 모든 것을 보는 눈도 다각적으로 키워진다.

이야기를 들어줄 사람을
누구나 기다리고 있다

'저 사람의 이야기는 너무 재미있어요. 유머 감각도 있고'

이런 식으로 남에게 평가받으면 얼마나 근사하겠는가. 우리는 결코 혼자서는 살아갈 수 없고 여러 사람과 관계를 갖는데, 그 인간관계의 기본에 있는 것이 대화이다.

입에서 나오는 말뿐만 아니라 몸짓이나 눈의 움직임, 얼굴 표정 등을 종합적으로 표현한 대화의 상태로 그 사람과의 인간관계가 정해진다고 해도 과언이 아니다.

'아무래도 저 사람은 좋아지지 않아.'

'그 사람, 인상이 너무 좋아.'

우리가 이런 인상을 갖게 되는 것도 그 사람과의 대화를 통해서다. 말의 구석구석에서 교양이 풍기는 사람도 있을 것이고, 대화 여기저기에서 상대에 대한 배려를 느낄 수 있는 사람도 있다. 대화는 그 사람의 성격을 비추는 거울이기도 하다.

그러면 이야기 잘하는 사람이란 도대체 어떤 사람을 가리키는 것일까? 만담가나 아나운서, 유머를 섞어 가며 재미있게 강의하는 선생 등은 분명히 화술에는 뛰어나지만 대화로써의 화법이 능한지는 잘 모르겠다.

결론부터 말하면, 이야기 잘하는 사람이란 상대가 어떻게 이야기를 들어주고 있는가에 항상 마음 쓰고 있는 사람이다.

이것을 나는 여객선으로 여행하면서 실감했다. 여객선으로 여행한다는 것은 알다시피 며칠씩이나 선상에서 지낸다. 세계 일주라도 하게 되면 3개월 동안 같은 멤버들과 함께 여객선에서 지낸다.

그런 만큼 마음 맞는 사람들의 그룹이 여럿 생기는데, 그룹에는 반드시 중심이 되는 사람이 있다. 그 사람의 주위에 사람들이 모임으로써 자연히 그룹이 구성된다.

어떤 사람이 중심인물이 되는가 하면 궂은일을 잘 돌보는 사람, 행동력이 있는 사람, 이벤트를 좋아하는 사람 등이 있지만 그중에서도 이야기를 잘하는 사람이 있다. 자신의 지난 날 경험 등을 유머를 섞어 가며 말해 주는 사람이다.

이런 그룹이 생기고 3, 4주쯤 지나면 이야기를 잘하는 사람을 중심으로 또 하나의 그룹이 분명히 만들어지게 된다. 매일같이 모여서 생글생글 웃으며 담소하고 있는 그룹도 있는가 하면, 한두 명씩 빠져나가면서 자연히 사라지는 그룹도 있다.

이 차이는 도대체 어디에 있는 것일까? 나의 관찰로써는 사라져 가는 그룹의 중심인물은 언제라도 자신이 말하는 쪽이고, 이야기 내용도 '선상 천일야화'이다.

모두가 가 본 적도 없는 티베트나 잉카문명의 유적 마추피추(Machu Picchu)의 이야기를 해 주니 여행을 좋아하는 사람들로서는 뭐라 말할 수 없을 정도로 좋아한다. 질문에도 정확히 대답해 주고, 유머도 있다. 그 때문에 그 사람의 이야기를 기대하면서 모두가 모여든다.

한편, 지속되고 있는 그룹에서도 처음에는 중심인물이 말하는 사람(이야기꾼)이다.

"저 사람의 이야기, 정말 재미있다."

라는 말 소문으로 사람들이 모여든다. 그런데 앞에서 말한 그룹의 말하는 사람과 다른 것은 언제부터인가 이야기꾼에서 사회자로 변해 가는 것이다.

"실은 저는 아직 이집트에 가 본 적이 없습니다. 이번 여행에서 기대되는 것 중 하나가 피라미드인데, 혹시 가 보신 분 안 계신가요?"

여객선 여행을 반복해서 여행하는 사람이 적지 않기 때문에 그 여객선이 기항하는 이집트에 이미 가 본 적이 있는 사람은 반드시 있기 마련이다. 그런 분을 찾아

"이집트의 매력이라든가 가 볼만한 데를 말씀해 주시지 않겠습니까?"

라는 식으로 이야기를 재촉한다. 이야기꾼에서 이야기 듣는 사람으로 바뀐다 해도 될 것이다. 이집트에 간 적이 없는 사람들이 잇따라 질문하고, 간 적이 있는 사람들이 대

답한다. 이렇게 하여 전원이 이집트에 여객선이 도착하는 날을 기대하게 된다.

왜 이런 전개가 이루어지게 되는가 하면, 이 중심인물이 이야기 듣는 사람들의 반응을 민감하게 캐치하고 있기 때문이다. 서서히 자신의 이야기에 싫증나고, 듣기만 하는 것으로써는 만족할 수 없는 사람이 있다는 것을 헤아려 주역을 다른 사람에게 양보하고, 자신은 이야기 듣는 사람으로 돌아간다.

이렇게 하여 이 그룹에서는 모두가 말하는 사람이 될 기회가 주어지기 때문에, 이 그룹은 언제까지나 지속되는 것이다.

point 2

'듣는 것' 으로 성공한 사람들

이야기를 듣는 역만 하게 되는 그룹은 자연히 분산되고, 말하는 사람도 될 수 있는 그룹은 계속 유지 또는 발전해 간다.

이것은 뜻밖에도 '사람은 이야기하고 싶어 하는 동물'이라는 것을 입증해 준다. 아무리 이야기를 잘하는 사람의 이야기라도 매일처럼 그저 듣고 있기만 해서는 만족하지 못하고, 이번에는 자신도 '이야기하고 싶다'는 욕망이 서서히 머리를 들고 일어선다.

당신도 끝없이 말하는 사람의 이야기를 듣고 있기보다 자신의 이야기를 들려주는 것이 훨씬 기분 좋을 것이다.

그런 까닭에 우리는 항상 뛰어난 이야기를 들려주는 사람을 찾고 있으며, 이야기를 잘 들어주는 사람과 만나면 그 사람을 '매우 마음에 드는 사람이다' 라고 생각한다.

마음에 드는 인물로는 일본 메이지유신의 3인 중 한 사람인 사이고 타카모리(西鄕隆盛)가 아닐까 한다.

"사이고 놈은 아무래도 알 수 없는 작자야. 약하게 두드리면 적게 울리고, 크게 두드리면 크게 울린다. 만약 바보라면 큰 바보일 것이고, 영리하다면 크게 영리한 사람이다."

이렇게 사이고를 평한 사람은 일본 막부 말기의 지사를 지낸 사카모토 료마(坂本童馬)인데, 료마의 말을 들은 일본 에도 시대 말기의 막부 신하인 카츠 카이슈(勝海舟)는,

"사카모토도 제법 사람 보는 눈이 있는 놈이다."

라고 감탄하며, 다음과 같이 말했다.

"사이고에게는 도저히 알 수 없는 면이 있었다. 큰 인간 일수록 그런 것으로, 작은 놈이라면 뱃속까지 보이는데 큰

놈은 그렇지 않아."

이와 같이 사이고는 료마나 카이슈로서도 '알 수 없는 놈'이며, '거물'로 비추고 있었던 것 같다. 그 이유는 간단하다. 사이고라는 인물은 자신의 의견을 거의 말하지 않는 사람이었기 때문이다. 그 때문에 상대는 담담하게 자신의 의견을 일방적으로 말하지만, 사이고는 그 말을 진지하게 들었다. 그리고 상대의 말이 일단락 지어진 시점에서 큰 눈동자를 굴려가면서,

"네 이야기, 잘 알겠다."

라고 하니, 상대가 기뻐했다. 그러나 '사이고는 무엇을 생각하고 있었는가' 하게 되면 '알 수 없는 놈'이 되어 버리는 것이다.

"사이고와 논의하면 항상 내가 이긴다. 그런데 돌아와서 생각해 보면 아무래도 이긴 것 같은 느낌이 들지 않아. 소나무 거목에서 매미가 우는 정도였던 것 같다는 느낌이 든다."

이 이타가키 타이스케의 말이 그런 사이고의 모습을 잘 말하고 있다. 사이고와 같이 말하는 것을 잘 듣는 사람에게 사람들이 모이는 것은 지금이나 예나 다르지 않다.

특히 당시, 강제적으로 무사라는 직업을 빼앗긴 전 하급 무사들로서는 자신들의 불만을 차분히 들어주는 사이고는 일종의 정신 안정제였던 것은 아닐까.

이야기 상대에 대한 대수롭지 않은 배려

나는 이야기를 잘 듣는 사람이라고 자부한다. 정신과 의사인 나로서는 남의 이야기를 우선 들어야 하기 때문에 남의 이야기를 듣는 방법이 능숙해지는 것은 지극히 당연한 것인지도 모른다. 그러나 '도저히' 라고는 할 수 없지만, 사이고 타카모리는 될 수 없을 것 같다.

언젠가 여객선 여행에서 알게 된 사람한테 사인을 해 주었더니 나중에 그 사람이 내 선실까지 고맙다는 인사를 하러 일부러 찾아왔다. 그대로 문 앞에서 돌려보내는 것도 미안해서 '들어오시겠습니까' 하고 말한 것이 잘못이었다.

그로부터 약 3분 후에 나는 그 사람이 대단한 수다쟁이 라는 것을 알았다. 그것도 기관총처럼 빠른 말투로 언제 끝날지 모르게 지껄이는 것이었다. 게다가 1시간이 지나도 일어나려고 하지 않았다.

나도 평소라면 낯선 사람의 이야기를 듣는 것을 싫어하는 편은 아니지만 그 날은 때마침 여객선이 어떤 섬을 가까이 지나는 날이어서, 내 여행 중의 목적인 그 섬을 촬영하기로 되어 있었다. 그리고 선실에서 섬이 다가오기를 기다리고 있던 중에 그 사람이 찾아온 것이었다.

그런데 섬은 점점 다가오고 있는데, 그 사람은 앉은 채일어나려고 하지 않았다. 그렇다고 자리를 박차고 일어설수도 없었다. 그 사람의 이야기가 언제까지 계속될 것인가하고 초조해질 뿐이었다.

이런 배려도 없이 지껄여대는 사람 가운데 이야기 잘하는 사람은 없다.

"이런 이야기를 해도 괜찮습니까?"

"이런 이야기, 재미없지 않습니까?"

하다못해 상대에게 자신의 이야기를 들어줄 시간이 있는지 어떤지, 이야기의 내용에 관심이 있는지 없는지를 묻는다면 '실은, 섬 사진을⋯⋯' 하고 내 사정을 말할 계기가 생기는데, 그런 것도 아랑곳하지 않고 마구 지껄였다.

이와 같이 배려 없이 지껄이는 사람은 그 이야기가 이 자리에서 적절한 것인지 어떤지도 괘념하지 않는다.

하와이의 모 호텔 수영장에서 독서를 즐기고 있는데, 역시 여객선 여행에서 알게 된 수다 떨기를 좋아하는 사람이 다가왔다.

독서는 언제라도 할 수 있으니까 그 사람의 말 상대를 하기로 했다. 그런데 어이없게도 그 사람이 이야기로 삼은 것은 산호초에 둘러싸인 필리핀의 어떤 섬이었다.

"하와이라는 곳은 바다도 별로 깨끗하지 않고, 아무튼 관광객뿐이니⋯⋯ 좋은 곳이라곤 아무 곳도 없더라구요. 그에 비하면 저 필리핀 섬의 멋진 전경이란 참으로⋯⋯. 모래사장은 순백색이고, 사람은 거의 없습니다. 게다가 바닥이 훤히 들여다보이는 투명한 바다에서 열대어와 놀 수 있습니다. 게다가⋯⋯."

모처럼 하와이에서 휴가를 즐기고 있는 우리들에게 이

래서는 안 될 것이다. 그 사람으로서는 필리핀의 어떤 섬이 하와이보다 멋진지는 모르겠지만, 지금은 우리가 하와이에 있으니 하와이를 즐기면 되는 것이다.

아무리 말투가 교묘하고 유머가 있다 해도 중요한 이야기에 배려하지 못하는 사람은 말 잘하기는커녕 상식이나 매너도 구별 못하는 사람이라는 말을 들어도 어쩔 수 없다.

남의 이야기를 잘 듣는 사람은
믿음직한 상담 상대가 된다

'말 잘하는 사람은 남의 이야기를 잘 듣는 사람'이라는 말도 있다. 글자 그대로 이야기 잘하는 사람은 상대의 이야기를 이끌어내는 것도 잘한다는 것이며, 상대에게 말할 기회를 주고 자신이 듣는 역할을 맡을 수도 있다는 의미다.

물론 이 자체만으로도 옳다고 하겠으나 아무래도 나는 '남의 이야기를 잘 듣는 사람이 이야기 잘하는 사람'이라고 하는 것이 적절하다고 생각된다. 이야기를 잘하는 사람이 전부 남의 말을 잘 듣는 사람이라고는 할 수 없지만, 남이 말하는 것을 잘 듣는 사람은 대체로 이야기를 잘하는 사람이기 때문이다.

이것은 이야기 잘하는 사람은 정보 제공자이고, 남의 이야기를 잘 듣는 사람은 정보를 받아들이는 사람이라는 것을 생각하면 당연한 것이며, 사이고 타카모리와 같이 남의 이야기를 잘 듣는 사람은 잠자코 있어도 정보가 모여든다.

이와 같이 정보가 모인다는 것은 이야기가 풍부해진다는 것이다. 그러므로 남의 이야기를 잘 듣는 사람은 어떤 상대라도 그 사람이 관심을 가지고 있는 이야기로 말할 수 있는, 이야기 잘하는 사람도 된다.

또 호기심이 왕성한 사람도 남의 이야기를 잘 듣는 사람의 특징 중 하나다. 자신이 모르는 내용에 대해서는 갑자기 호기심이 생겨서 눈을 반짝이며 열심히 귀를 기울여 요소요소에서 질문도 해 주기 때문에 이런 사람과 만나면 누구나 수다쟁이가 되어 버린다.

이렇게 보면 이야기 잘하는 사람보다 남의 이야기를 잘 듣는 사람 쪽이 훨씬 더 매력적인 느낌이 드는데, 어떻게 생각하는가?

남의 이야기를 듣지 않고 자신만 지껄이고 있는 사람의 대부분은 가츠 카이슈와 같이 곧 바닥이 보이는 소인과 같은 느낌이 든다. 사람의 지식이나 정보를 얻을 기회가 한정되어 자신의 믿음만 강해져 버리기 때문이다.

그에 비해서 남의 이야기를 잘 듣는 사람은 여러 사람의 지식이나 정보 혹은 사고방식을 알게 된다. 그 결과 정보량이 많아지는 것은 물론이고, 모든 것을 보는 눈도 다각적으로 키워지게 된다.

보는 눈이 우측으로 기울거나 좌측으로 기울거나 하지 않고 비교적 정확히 볼 수 있게 된다. 그 결과 남의 이야기를 잘 듣는 사람은 믿음직한 상담 상대가 되며, 점점 매력적인 인간이 되어간다.

상대를 기분 좋게 하는 대화의 마음가짐

그러면 여기서 대화를 잘하기 위한 몇 가지 마음가짐에 대해서 설명하기로 하자.

우선 첫째로 말을 잘하려고 생각하지 않는다. 무엇을 상대에게 전달하고 싶은가를 확실히 해 두고 성의 있게 말하면 된다.

그리스의 철학자 제논은 아주 좋은 말을 하고 있다.

"신은 인간에게 두 개의 귀와 하나의 입을 주셨다. 때문에 인간은 말하는 것의 2배는 들어야 한다."

라는 것이다. 남의 이야기를 열심히 듣게 되면 상대의 말하는 방법에도 관심을 가지게 되고, 어떤 것이 훌륭하게 말하는 방법인지 판단도 할 수 있게 되며, 그것이 말하는 방식을 서서히 능숙하게 해 준다.

또 만약 당신이 친구로부터 '수다스럽다' 는 말을 듣는 타입이라면, 다음 요시다 쇼잉이 옥중에서 타카스기 신사쿠나 쿠사카 겐스이에게 보낸 충고에 귀를 기울여 주기 바란다.

"마구 지껄이는 자는 막상 중요한 때가 되면 입을 꾹 다물고 만다. 한창 혈기 왕성한 자는 막상 중요한 때가 되면 자멸한다. 나는 용건 이외의 말은 하지 않고, 말할 때는 여성처럼 온화하게 말한다. 이것이 기백의 근원이다. 큰소리로 말하지 않고 말과 행동을 삼가지 않으면 큰 기백은 나오지 않는다. 옛날 성인군자들이 생각하고 있던 것의 가르침이기 때문에 경시해서는 안 된다."

물론 현대는 주장의 시대이며, 자신의 주장을 말하는 것은 중요하지만 쇼잉처럼 거침없이 지껄이거나 큰소리로 말하는 것이 아니라 어디까지나 온화하게 말하는 것이 듣는 사람으로 하여금 호감을 갖게 한다는 것은 분명하다.

또 자신의 말에 상대가 관심을 가져주는지 어떤지 상대의 응답이나 표정, 태도 등에서 판단할 필요도 있다. 그리고 상대가 흥미를 갖고 있지 않다고 느꼈을 때는 신속히 말을 그만두는 것이다.

또 남의 이야기를 듣는 경우에는 '당신의 말에 진지하게 귀를 기울이고 있다'는 것을 말이나 태도 표정으로 보여주는 것이 대원칙이다.

'과연' '허' '역시' '그래, 알만해' '그래서'

라는 말에는 이야기를 재촉함과 동시에 상대에게 안도감을 주는 효과도 있다. 나의 직업에서 말하면 이 안도감을 주는 것이 가장 중요한데, 이것은 일상생활의 대화에서도 마찬가지로 이야기 잘하는 사람에게 안도감을 주는 것은 남의 이야기를 잘 듣는 사람의 조건 중 하나라 해도 좋을 것이다.

다만 그런 말도 눈을 두리번거리거나, 상대의 눈을 피하거나, 가만히 앉아 있지 못하고 무릎을 방정맞게 흔들거나, 가까이 있는 것을 손으로 가지고 장난하면서 말한다면 상대에게 '말뿐이다'라는 인상을 주게 된다.

똑바로 상대의 눈을 보고 말과 표정을 함께 표현하는 것이 중요하다. 그리고 모르는 점이 있으면 질문하는 것도 중요하다. 질문을 받음으로써 상대는 당신이 정말로 이 이야기에 관심을 가지고 있다는 것을 확인할 수 있다.

그리고 이런 테크닉보다 더 중요한 것은 '상대를 위해 말하고 상대를 위해 듣는다' 는 것이다. 이 마음만 정확히 가지고 있으면 반드시 상대로 하여금 호감을 갖게 하고, 또 서로 그렇게 생각하면서 하는 대화는 가장 기분 좋은 대화가 되는 것이다.

Part 4

'욕심 없는' 사람 주위에는
바람직한 사람뿐이다

**사리사욕을 탐하지 않은 사람은 신뢰를 얻고
시대를 움직이는 힘을 발휘할 수 있다.**

개방적인 사람에게는 위험이 없다

"저놈이 했다면 어쩔 도리가 없겠는걸."

"저 사람이 그렇게 말했다면 그것으로 된 게 아닌가."

당신의 주위에도 틀림없이 이런 식으로 말하는 사람이 있다고 생각한다.

일하다가 실수하거나 주위 사람을 조마조마하게 하는 행동을 해도 이런 말로 용서받는 사람들이다.

예를 들면, 막부 말기의 쵸슈 한(長州藩, 에도 시대의 다이묘(영주)가 지배하던 영역 및 지배기구의 총칭)을 구하고 막부를 토벌할 계기를 만든 타카스기 신사쿠도 그런 남자였다. 또 타카스기가 등장하게 되었는데, 이 책에서는 가끔 막부 말기, 메이지유신의 지사들이 등장한다. 왜냐하면 내가 '만나고 싶은 역사상의 인물'로는 막부 말기, 메이지유신 무렵의 사람들이 가장 많기 때문이다. 게다가 누구나 개성적이고 빛나는 매력을 가진 사람들이다. 타카스기 신사쿠도 그런 사람 중 한 사람으로, 겨우 27년의 생애를 실로 뜻있게, 그리고 대담하게 산 인물이기도 하다.

코메이 천황(孝明天皇, 제121대 천황. 재위 1847~1866)의 여동생 카즈노미야(和宮)를 도쿠가와 이에모치(德川家茂, 제14대 쇼군)의 아내가 되게 하려는 카즈노미야의 강가(降嫁황족의 딸이 신하에게 시집감) 문제가 분규를 일으키고 있을 무렵, 타카스기는 세자(한의 영주 후계자)를 시중드는 역으로써 에도로 향했다.

황실과 도쿠가와 집안의 결혼을 기회로, 협력하고 어려운 난국을 극복하여 나가려는 조정과 막부 합체 파에 대해서, 그렇게 되면 카즈노미야를 막부에 인질로 보내는 것과 같다고 하여 근왕의 지사들은 어떻게든 결혼을 저지하려

획책하고 있었다.

그리고 타카스기는 이 결혼을 저지하기 위해 쿠사카 겐스이와 전에 요시다 쇼잉이 실행하려고 한 요격(잠복하고 있다가 적을 공격하는 것)책을 결행하려고 했다. 이 요격책이란 산킨(参勤, 에도 막부가 영주(다이묘)들을 교대로 일정한 기간씩 에도에 머무르게 한 제도) 교대 때 에도로 향하는 쵸슈 영주의 가마를 교토의 후시미(伏見)에서 가로막고, 조정에 대해서 카즈노미야의 강가 반대 의견을 말하게 하여 여론을 북돋우려는 대담한 계획이었다.

영주까지 말려들게 하여 쇼군의 결혼을 저지하려는 것이기 때문에 잘못하면 쵸슈 한이 멸문지화를 당할 위험마저 있는 상황이었다. 이것을 알게 된 쵸슈 한의 개혁파 중진 스후 마사노스케(周布政之助)는 어떻게든 이것을 저지하려고 했다.

한의 존망을 건 큰 죄를 저질렀기 때문에 보통 같으면 타카스기는 체포되어 할복하라는 명을 받아 마땅할 것이다. 그런데 쵸슈 한은 타카스기를 체포하기는커녕 일찍부터 타카스기가 꿈꾸고 있던 상하이 도항을 제안했다.

'무슨 짓을 할지 모르는 놈이니까 이 기회에 상하이를

미끼로 일본으로부터 멀리 떠나보내자.'

이런 모나지 않는 조치가 취해진 것은 타카스기나 쿠사카를 너무나 잘 이해했던 스후 마사노스케가 정권의 자리에 있었기 때문이었다.

당시 세력이 강한 다른 지역의 한(藩)은 리더십 강한 영주들이 뒤를 받쳐 주고 있었는데, 쵸슈 한만은 특수해서 영주는 일체 자신의 의견을 주장하지 않고 모든 것을 가신들에게 맡기고 있었다. 이 때문에 내부에서는 막부를 소중히 하는 보수파와 개혁파가 세력 싸움을 전개하고 있었으며, 때마침 개혁파가 정권을 장악하고 있었던 것이 타카스기를 도왔는지도 모른다.

아무튼 이만한 일대사를 계획하였으니,

"이렇게 어려울 때 상하이 행이라니, 당치도 않아."

하고 보통 때 같으면 스후의 제안을 일축해 버릴 것이지만, 천만 뜻밖에도 타카스기는 희희낙락하게 상하이 행의 유혹에 넘어갔다. 이것이 타카스기다운 면인데, 요격책의 실행을 꺼내면서 '계획은 중지하고 나는 상하이로 간다'고 하면 보통 때라면 동료들이 가만히 있지 않을 것이다. '자기 생각만 한다'고 반감을 사거나 '타카스기는 믿을

것이 못된다' 고 버림받게 될 것이다. 그런데 그들은,

"아무튼 타카스기 문제이니 어쩔 도리가 없잖은가."

하고 덮어 버리는 것이다. 타카스기가 구사카 등에 비해 훨씬 가문이 좋았다는 것, 타카스기와 구사카가 친구였다는 것도 있지만 친구라고 해서 배신이 통용될 리도 없을 것이며, 가문이 좋으면 오히려 반발도 커지는 것이 보통이다.

물론 타카스기의 소행은 이것뿐만 아니라 한(藩)의 명령을 거역한 적도 종종 있었고, 술을 마시고 몹시 난폭해지거나 구사카들이 근왕 양이 운동을 위해 여기저기 뛰어다니고 있는 것을 곁눈으로 보면서 무시하고 주색에 빠지거나, 제멋대로 굴어도 누구 한 사람 불평하는 사람이 없었다.

이렇게 무슨 짓을 해도 용서받은 최대의 이유는 타카스기가 단순히 난폭한 사람이 아니라 재지(才智)가 넘치고 열심히 노력하는 사람이었던 점도 있지만 비밀을 갖지 않는 개방적인 성격에 있었다.

이 사건 때도 그랬고, 후에 요코하마의 각국 공관의 습격을 꾀하였을 때도 결코 뒤에서 몰래 획책하지 않고 실로 당당하게 계획을 추진했던 것이었다. 그렇기 때문에 곧 한

(藩)의 중역으로 발탁되지만 그 표리가 없는 개방적인 성격이 '아무튼 미워할 수 없는 놈'이라 여겨진 이유였다.

우리도 동료가 우리 몰래 뒤에 숨어서 뭔가를 꾀하고 있다 그것이 발각되었을 때는 불쾌한 기분이 들 것이다. 그런데 그것을 숨기려고도 하지 않고 당당하게 하고 있다면 화내려고 해도 화낼 수 없고, 만약 그것이 잘못된 내용이라면 그것을 고쳐 주는 정도에서 그치게 되지 않을까.

요컨대 뒤에서 몰래 움직이는 사람에게는 무엇을 할지 모른다는 위험을 느끼지만 개방적인 사람에게는 위험이 없다. 때문에 한(藩)으로써도 동료들로서도 타카스기는 성가신 남자이기는 했지만, 미워해야 할 남자는 아니었던 것이다.

인간적인 매력은 어디에서 나타나는가

그러면 개방적인 성격은 무슨 짓을 해도 용서받는단 말인가? 그렇지는 않다.

용서받는 또 하나의 이유는 미워해야 할 남자가 아니라 사랑할 만한 남자였다는 것이다.

예를 들면, 당신이 업무 관계의 사람과 만나기로 약속했다고 하자. 약속 시간이 되어도 상대는 나타나지 않는다. 초조하게 30분 이상을 기다리고 있는데, 겨우 나타나서는

"죄송합니다. 하던 일이 오래 걸려서 그만……."

하고 사과했다고 하자. 화낼 수도 없어서 '아니, 괜찮습니다' 하고 넘어가겠지만 속으로는 언짢을 것이다.

'중요한 업무상 협의에 늦어지는 놈은 신용할 수 없다.'

'사과하면 된다고 생각하는 괘씸한 놈!'

하고 생각하는 게 아닐까?

그러면 만약 기다리게 한 상대가 좋아하는 연인인 경우는 어떨까? 초조해 할지 모르지만 틀림없이 상대의 얼굴을 보는 순간 초조했던 마음은 사라지고 늦게 온 것 따위는 아무래도 상관없다고 하게 될 것이다.

이와 똑같은 경우를 당하면서도 그렇게 한 상대에 따라 다르게 생각한다. 이것이 사실 인간이 가장 인간답다는 점이다. '누구에게나 평등하게 대하라'고 말하는 것은 간단하지만, 원래 인간은 불평등하게 접촉하는 방법을 사용하도록 만들어져 있기 때문에, 실제로는 상당히 의식하지 않으면 어려운 일이다.

이와 같이 우리가 타인과 만나는 방법은 좋은지 싫은지, 좋은지 나쁜지 하는 감정이나 인지에 크게 영향을 받는다.

심리학에서는 희로애락을 '정서(Emotion)'라 칭하고 있다. 이 정서에는 여러 가지 분류법이 있는데, 가장 많이 활용되고 있는 것이 '유쾌와 불쾌함의 정도'에 주목하는 방법이다. 기쁨은 유쾌고 혐오는 불쾌함, 놀라움은 그 중간 정도다.

그러나 예를 들면, 불쾌함 속에도 정도가 있다. 혐오한다거나 싫어한다거나 별로 좋아하지 않는다는 '정도'인데, 그것을 '감정'이라 칭하고, 그 속에서 특히 사람에 대한 감정을 '대인 감정'이라 칭하고 있다.

또 우리는 상대에 대해 여러 가지 지식이나 정보를 가지고 있으며, 그 지식이나 정보가 확실하지 않다 해도 그들의 지식이나 정보로 상대를 판단하고 있다.

예를 들면, 젊은이들에게 인기가 있는 가게가 있다고 하자. 젊은이들 중에는 그 가게에 대해 '싸고 품질도 좋고 상품 종류도 많다'라는 등 지식이나 정보에서 '좋은 가게'라느니 '내가 좋아하는 가게'라고 판단하는 사람이 많다.

물론 개중에는 반대하는 사람도 있다. '모두가 입고 있다'라는 정보에서 '개성을 연출할 수 없기 때문에 싫다'라고 판단하는 경우다.

심리학에서는 이것을 '인지'라고 하는데, 이러한 인지를 인간에 대해서 하면 '대인인지'라 칭하고 있다. 이들의 인지에도 여러 가지가 있지만, 특히 중요한 것이 '좋다, 나쁘다' '좋다, 싫다'라는 평가의 인지다.

그리고 우리는 이 대인감정과 대인인지에 의거하여 그 사람에 대한 행동을 결정하고 있다.

이것을 '대인행동'이라 하는데, 이 대인행동이 가장 현저하게 나타나는 것이 접근과 회피라는 행동이다.

"어머, A씨도 가는 거야? 그렇다면 나도 갈까?"

"가고 싶어. 하지만 A씨가 간다니까 이번에는 안 갈래."

좋아하는 사람이 간다면 나도 간다, 싫어하는 사람이 간다면 나는 안 간다. 당신에게도 이런 경우가 종종 있을 것이다.

또 우리는 좋아하는 사람이 기뻐하도록 행동하고 싶다는 생각을 한다. 이것도 접근 행동의 하나로, '이타행동'이라 하고 있다.

"양친이 건강할 때 온천에 모시고 가고 싶다."

"남자 친구가 긴 머리를 좋아한다니까 머리를 자르지 말자."

이런 행동이 이타행동이다. 하긴 우리 인간에게는 그런 자연적인 행동을 억제하려고 하는 일면도 있다. 대인감정이나 대인인지가 타인에게는 보이지 않는 것은, 그것이 행동으로 나오면 타인이 좋고 싫다는 것을 확실히 알아버리기 때문이다.

예를 들면, 'A씨가 간다면 나도 간다'라는 순수한 표현은 피하고 '나, 가고 싶었어. 꼭 갈 거야'라고 말하거나 노골적으로 옆에 앉는 것이 아니라 마치 우연인 것처럼 가장한 행동을 취하는 경우도 있다. 당신도 이런 행동을 취한 기억이 있는 것은 아닐까?

여기서 대인감정, 대인인지, 대인행동이라고 했는데, 실은 사회심리학의 세계에서는 이 세 가지가 사람의 매력 성분이라고 생각한다.

사람에 대한 좋고 싫은 것을 '대인매력'이라 하는데, 이 대인매력은 대인감정, 대인인지, 대인행동의 세 가지로 이루어져 있다는 것이다.

다만, 이들의 요소는 반드시 사실이나 확신에서만 생기는 것은 아니다. 예를 들면, 예쁜 탤런트를 매력적이라 생각하는 경우에는 적지 않은 추측의 영향을 주고 있다.

'저렇게 예쁘니까 성격도 좋을 것이다.'

'저 웃음 띤 얼굴은 마음속에서 웃는 얼굴로, 저렇게 웃을 수 있는 사람은 순수할 것이다.'

라는 식으로 추측에 의해서 그 사람의 매력을 만들어 내는 것이다. 상대가 탤런트나 정치가, 스포츠 선수 등에 한정된 것이 아니라 연애 관계에서도 종종 추측이나 희망적 관측이 매력을 만들어 내는 경우도 있다.

'이런 사람이라고는 생각지도 못했다.'

이혼 이야기에 흔히 이런 대사가 나오는 것도 연애 중에는 자신에게 편리한 대인감정이나 대인인지에 좌우되어 버리기 때문이다.

그리고 이 희망적 관측이나 추측이 많을수록 실망이 찾아오는 것도 빠르고, 또 실망도 커진다.

지위를 내던지고 시대를 움직인다

그러면 우리는 어떤 인물에게 진짜 매력을 느낄까? 그 것을 알기 위해 좀 더 타카스기 신사쿠라는 인물을 추적해 보기로 하자.

타카스기의 큰 업적 중 하나로 농민을 중심으로 한 서 민의 군대인 기병대의 창설을 들 수 있다.

시모노세키에 상륙한 프랑스 군대에 대응한 쵸슈 군대 는 한 사람이 70~80발이나 되는 총탄을 쏘았지만 고작 한

발 정도만 프랑스 군대를 향해 날아갔다. 그렇게도 양이(攘夷, 외국 사람을 오랑캐로 얕보고 배척함)를 부르짖던 무사들이었지만 오로지 도망가기에 바빴고, 농민들에게조차 무시당하는 꼴이 되었다.

그것을 안 타카스기가 영주의 허가를 얻어 사농공상(士農工商)의 신분에 구애되지 않고 창설한 것이 이 기병대였다. 타카스기는 이 군대를 창설할 때 극히 엄격한 규율을 만들었다.

급한 대로 긁어모은 오합지졸의 군대였기 때문에 엄격하게 할 필요가 있었던 것이겠지만, 가장 두드러진 것은 군사들의 두 가지 마음가짐이었다.

'농가에 들어가 조금이라도 금품을 요구하거나 농사를 방해하거나 해서는 안 된다.'

'길에서 소와 말을 만나게 되면 재빨리 길 한쪽으로 비켜서서 소와 말이 통행하도록 하라.'

타카스기는 서민이 두려워하고 미움받는 군대가 아니라 서민과 공존하고 오히려 서민의 모범이 되는 군대를 만들려고 했다. 그때까지의 모든 군대에서 생각할 수 없었던 약자에 대한 배려였다.

이것이 서민의 마음을 사로잡았고, 후에 위험에 몰린 타카스기 자신을 구하는 계기가 된다.

그 직후 사츠마(薩摩)와 아이즈(會津)가 교토에서 쵸슈를 중심으로 한 근왕 양이 파를 일소하는 사건이 일어났고, 그 이듬해 교토에서의 입장을 되찾으려고 하는 쵸슈의 근왕 양이 파가 영주나 한(藩)의 중진의 반대를 무릅쓰고 교토로 공격해 들어갔다.

'킨몬의 변'(禁門の變 : 1864년 7월, 전년 8월 18일의 정변으로 교토를 쫓겨난 쵸슈 한이 형세 만회를 위해 교토로 진군하여 아이즈, 사츠마 한(藩) 등의 군대와 하마구리고몬(蛤御門) 부근에서 교전하여 패한 사건. '하마구리고몬의 변'이라고도 함.)이라 일컫는 이 사건에서 쵸슈 한의 군대가 조정을 향해 발포했다는 이유로, 막부는 쵸슈 한에게 '역적'이라는 오명을 씌우고 쵸슈 정벌의 명을 내린다.

이것이 제1차 쵸슈 정벌로, 실제 전투는 모면할 수 있었지만 쵸슈 한의 정치는 한을 중시하는 보수파가 장악하게 되며, 보수파는 고분고분 명령에 따를 자세를 보여 주기 위해 기병대를 비롯한 모든 군대에게 해산을 명하려고 했다.

거기서 만약 군대가 해산하게 된다면 막부 군대가 어떤

어려운 문제를 들이대도 따르지 않을 수 없게 되었다. 보수파에 의한 암살이 두려워 몸을 숨기고 있던 타카스기는 급히 시모노세키로 돌아가 거병을 호소했다.

그런데 모든 군대는 보수파와 타협함으로써 해산을 면하려고 획책하고 있던 관계로, 타카스기 밑에 모여든 것은 불과 80명에 대포 1문뿐이었다. 그러나 타카스기는 쿠데타를 일으켜 당장에 관공서를 점거하고, 한의 수군을 습격하여 배 3척을 탈취하고 격문을 돌려서 무사들을 모집하지만 추가로 모여든 사람은 20명 정도에 불과했다.

게다가 이 소란으로 막부와의 화평 교섭이 결렬될 것을 우려한 보수파는 영주의 명령하에 쿠데타 군대를 추격하라는 명령을 내렸다. 이 때문에 타카스기는 불과 100명으로 한의 군대와 싸우게 되었다.

그래도 타카스기는 단념하지 않았다. 호상(규모가 큰 상인)이나 읍장 등에게 군자금 차용을 의뢰하게 되는데, 여기서 기병대를 조직했을 때의 배려가 살아났다. 호상들은 일제히 타카스기에게 가담하고, 이것이 계기가 되어 모든 군대는 잇따라 타카스기 밑으로 모여들었다.

타카스기는 잇따라 보수파 군대를 격파하고, 보수파를

일소하여 훌륭하게 쿠데타 성공을 거뒀다.

이렇게 하여 실권을 잡은 타카스기는 '군비 공순(恭順)'이라는 사고방식을 취했다. 즉, 고분고분 막부의 명령에 따르지만 무기도 군대도 포기하지 않는다는 정책으로, 여기에는 타카스기의 '막부의 무모한 요구에는 단연코 응하지 않는다'라는 강한 결의가 있었다.

타카스기는 모든 군대를 쵸슈 각지에 배치하고, 쵸슈 전국의 군대를 수중에 넣고, 글자 그대로 쵸슈 제일의 권력자 자리에 앉았다. 쿠데타에 성공한 혁명가는 자신의 뜻에 따르지 않는 사람들을 축출하고, 어떻게 하면 그 권력을 오래 유지할 것인가에 고집하는 것이 세계사에 흔히 있는 일이다.

그런데 쵸슈 제일의 권력자가 된 타카스기는 권력에 고집하기는커녕 '유럽에 가고 싶다'는 것이었다. 체제가 안정되었기 때문에 권력의 자리는 누구나 오를 수 있다. 그런 지위는 다른 사람에게 맡기고, 자신의 견문을 넓히는 것이 좋다고 하는 것이 타카스기의 생활태도였다.

이와 같이 메이지유신의 유지들 대부분은 사리사욕을 탐하지 않았다. 때문에 사람들의 신뢰를 얻고, 시대를 움직이는 힘을 발휘할 수 있었다.

　타카스기 신사쿠의 매력 중 하나가 이 사리사욕이 없었던 게 아닐까 한다.

그 사람의 '깊이'가 보이는 순간

그 사람의 생활태도는 죽는 모습에서도 나타난다고 한다. 바로 이 말에 어울리는 인물이 타카스기 신사쿠다. 간병을 하던 여류 가인 노무라 보토니(野村望東尼)에게 지필묵을 요구한 타카스기는,

'재미있는 일도 없는 세상을 재미있게.'

라고 썼을 때 붓을 들었던 손의 힘이 빠지고 말았다. 그러자 보토니는 그 붓을 들어,

'사는 것은 마음에 있었구나.'

(재미없는 세상을 재미있게 사는 것은 그 사람의 마음가짐에 달렸다.)

라고 이었다. 그러자 그것을 읽은 타카스기는

"재미있군."

이라고 말하고는 눈을 감아 영원히 잠들었다. 만27세 때였다. 임종 때 지어 남긴 시가에서도 알 수 있듯이 타카스기에게는 단지 지사로서의 신념으로 살뿐만 아니라 인생을 조금이라도 즐기고자 하는 마음이 강하고, 같은 시대를 산 다른 지사들과 어딘가 달라 보이는 것도 이 때문인지도 모른다.

타카스기는 가문이 좋았기 때문에 가족의 굴레에서 벗어나지 못하고, 그 안타까움을 술로 달래면서 마실 때마다 '죽고 싶다, 죽고 싶다' 하며 죽은 사람을 부러워하고 있었다.

그런 남자였기 때문에 어차피 살아 있다면 죽을 때까지는 즐겁게 살자 하고 생각한 것은 아닐까.

도피했을 때 첩을 동행하거나 게이샤를 데리고 베푼 연회 자리에서,

'넓은 세상의 까마귀를 죽이고 당신과 함께 아침 늦도록 자 보고 싶다.'

하고 유머가 섞인 익살스런 노래를 부르고, 양이(攘夷) 결행을 결심했을 때는 쇼군 이에모치(도쿠가와 14대 쇼군)을 가리켜,

"정이(征夷. 오랑캐를 정벌함) 대장군!"

이라고 부르듯이 기지가 풍부한 여러 가지 에피소드가 남아 있는 것도 이런 타카스기의 인간 철학 때문이 아닐까. 짧은 인간의 일생을 사람과 싸우고 지위나 권력, 돈에 구애되며 산다.

그런 생활태도는, 타카스기로서는 바보 같고 어리석은 것임에 틀림없다.

'무덤 앞에 게이샤를 모아 샤미셍(三味線, 일본 고유 음악에 사용하는 세 개의 줄이 있는 현악기)을 켜면서 술을 마시며 법석을 떨어라.'

라는 유서를 남기고, '재미있군'이라는 말을 마지막으로 영원히 잠들었다.

항상 미련을 남기지 않는 생활태도에 주위 사람들이 끌렸다 해도 이상할 것은 없다.

자신에게 바람직한 사람을 생각해 본다

어떤 성격의 사람이 호감을 사고, 어떤 성격의 사람이 미움을 사는가. 이에 대해서는 전 세계에서 많은 조사가 있었는데 흥미롭게도 같은 결과가 나왔다.

그래서 그중 하나를 소개하면, 우선 호감을 사는 성격의 베스트 7은,

'친절하다 · 상냥하다 · 분발하다 · 너그러움 · 밝은 표정 · 책임감이 있다 · 노력한다' 의 순이고, 관대함 · 끈기 있

다 · 책임감이 있다 · 침착하다 등이 그 뒤를 잇고 있다.

반대로 미움을 사는 성격의 워스트(Worst) 7은,

'일구이언한다 · 남의 탓으로 한다 · 짓궂다 · 사람을 비웃다 · 사람을 경시한다 · 중상한다 · 고자질한다'의 순이고, 잔인하다 · 칠칠치 못하다 · 인정이 없다 등이 그 뒤를 잇고 있다. 한마디로 말해서 '남에게 상냥하다, 너그럽고 밝은 표정을 어떤 일이 있어도 끝까지 초지일관하는 사람'이 호감을 사며, '막상 유사시에는 남을 함정에 빠뜨리며 지나치게 자신하는 거짓말쟁이'가 미움을 받는다고 하는, 극히 당연한 결과가 나와 있다.

하긴 세상에는 이 두 가지 성격의 인간이 있다는 것이 아니다. 누구나 이 호감을 사는 성격과 미움을 사는 성격을 함께 가지고 있는 것이다.

그리고 때와 경우에 따라서, 또 상대에 따라서 나오는 성격이 달라진다.

예를 들면, 당신에게 마음 따뜻한 사람이라고 해서 반드시 누구에게나 마음 따뜻하다고는 할 수 없다는 것은 이미 설명한 바와 같다.

당신이 심술궂다고 생각하는 사람이 다른 사람에게는

매우 친절한 경우도 있다.

　요컨대 바람직한 사람은 어떤 사람인가를 생각해 보면 된다. 그리고 당신 자신이 바람직한 사람이 되려고 노력해야 한다. 그렇게 하면 당신은 주위 사람들로 부터 바람직한 사람, 매력적인 사람이라는 평을 듣게 될 것이다.

Part 5

'약속을 지키기' 때문에
사람들은 당신에게
힘이 되어 준다

한 번한 약속은 대수롭지 않더라도 꼭 지킨다.
이것을 지키기만 해도 당신에 대한 주위사람들의
신망은 놀랄 정도로 커질 것이다.

왜 '약속의 가치'가 낮아졌는가

'새끼손가락을 걸고 약속한다. 거짓말하면 바늘 천 개를 삼키겠다.'

일본에는 약속을 할 때 이와 같은 말을 하며 새끼손가락을 걸고 약속한다. 아이가 잘못을 하여 꾸짖은 다음에,

"두 번 다시 이런 짓을 하면 안 돼, 알았지? 약속할 수 있지?"

하고 엄마는 상냥하게 아이를 타이르고, 이렇게 흥얼거

리면서 아이의 새끼손가락과 엄마의 새끼손가락을 걸고 다짐을 하는 의식을 가진다. 바늘을 삼킨다는 발상은 어디서 나왔는지는 모르겠지만, 아이들은 이 의식을 통해서 약속은 어겨서는 안 되는 것, 반드시 지켜야 한다는 것을 배운다.

그런데 그런 순수했던 아이들도 약속을 어겨도 바늘을 삼키게 하지 않는다는 것을 알면 '거짓말도 하나의 방편' 이라는 테크닉을 익히거나 너무 쉽게(책임 없는) 약속을 연발함으로써 약속을 어기는 것에 죄의식을 느끼지 않게 되고 만다.

'야, 내일 7시에 와! 약속이다.' '다음에 한 턱 내! 약속이니까.'

이런 식으로 쉽게 약속을 하니 어기는 것도 쉽다.

'그야 약속은 했지만 일이 생겨서 어쩔 수 없잖아.'

라는 식으로 말해서 무엇 때문의 약속인지 모르게 된다. 특히 친한 친구 사이가 된다면, 약속이라는 사람끼리의 규칙의 가치가 극히 떨어진 것 같다는 느낌이 든다.

하지만 일을 하는 경우에는 그렇게 해서는 안 된다. 회의나 상담 약속을 어기거나 납품 기일이 늦어지거나 하면 막대한 손해배상을 요구해 오거나 거래가 끊어지는 등 큰 일이 벌어질 가능성도 있다.

그래서 업무상의 약속은 지키지만 개인적인 약속은 적당히 하거나 구분하고 있는 사람들도 적지 않은 것 같다.

그런데 우리는 어떤 사람이 어떤 인간인가를 판단하는 경우, 그 단서로 하는 것은 극히 일상적인 언동이다. 약속을 아무렇지 않게 깨고 '미안, 미안'으로 얼버무려 넘어가는 사람을 진심으로 신뢰할 수 있겠는가.

표면적으로는 사이가 좋은 것 같은 교제를 하고 있었다 해도, 정작 중요한 것을 상의하거나 유사시에 강력한 내편이 되어 줄 수 있을지는 알 수 없는 것이다. 마음속으로

'저자가 말하는 것은 믿을 수 없다.'

라는 마음을 갖고 있을 것이다. 만약 당신이 아무렇지 않게 약속을 깨는 사람이라면 당신의 친구들은 표면적으로는 당신과 친밀하게 지내고 있는 것처럼 보여도 당신을 정말로 신뢰하고 있지는 않을 것이다.

신뢰할 수 없는 사람이란 평생의 친구가 될 수 없을 것이며, 어느 한쪽의 사정으로 거리가 멀어지면 그것이 계기가 되어 어느새 소원한 관계가 되어 버리는 것이다.

'여기서만의 이야기'는
여기에서만 끝나지 않는다

"내 말 좀 들어봐. 여기서만의 이야기인데……."

커피숍에서도, 차 안에서도 종종 이런 말을 듣는다. '여기서만의 이야기'를 그렇게 큰소리로 말해도 되는 것일까 하고 걱정해 보는데, 그런 것은 아무래도 상관없는 것 같다.

그것은 '여기서만의 이야기'에는 정말로 여기서만의 이야기로 해 두고 싶은 경우와 그렇지 않은 경우가 있기 때문이다. 그것은 '여기서만의 이야기인데……' 에는 듣는 사람의 신경을 그 이야기에 집중시키는 효과가 있기 때문이다.

또 '여기서만의 이야기' 에는 '나는 당신을 신뢰하고 있다' 고 하는 메시지가 담겨 있다.

'신뢰하고 있기 때문에 다른 사람에게는 말할 수 없는 비밀 이야기를 당신에게만 한다.'

라는 것이다.

이 두 가지의 효과를 노리고, 별로 비밀도 아닌 것을 '여기서만의 이야기' 로 해 버리는 경우도 적지 않다. 주위 사람에게 들려도 아무렇지 않은 '여기서만의 이야기' 는 그런 '여기서만의 이야기' 일 것이다.

그런데 진짜 '여기서만의 이야기' 의 경우에는 분명히 상대를 신뢰하고 있기 때문에 말하는 것이지만, 때로는 듣는 사람 쪽이 무거운 짐을 짊어지게 된다. 왜냐하면 인간이라는 것은 남이 모르는 것을 알면 그것을 누군가에게 말하고 싶어지는 욕구가 강해지는 생물이기 때문이다.

물론 개중에는 '전혀 듣지 않은 것으로 하자' 고 넘어가는 사람도 있지만 대부분의 사람들은 그 이야기의 의외성이 크면 클수록 말하고 싶어져 견딜 수 없게 된다. 그것을 억제하고 있었기 때문에 노이로제에 걸린 사람도 있을 정도다.

그래서 그 사람은 자신이 신뢰하고 있는 상대에게 '여기서만의 이야기인데……' 하고 말을 해놓고, 그 놀라운 표정을 보면서 스트레스를 해소하는 것이 된다.

두 사람만의 비밀은 이렇게 어느새 모두의 비밀로 변해가는 것이다. 그렇게 되어도 문제가 없는 경우도 있지만 내용에 따라서는 말하는 사람과 듣는 사람의 인간관계가 붕괴되는 사태도 일어나게 된다.

예를 들면, A씨가 남에게 알려지면 곤란한 자신의 비밀을 말한 경우나 A씨가 B씨의 험담을 말한 경우다. 만약 당신이 이와 같은 '여기서만의 이야기'를 누군가 다른 사람에게 말했다는 것이 알려지면 A씨의 당신에 대한 신뢰는 단숨에 무너져 버릴 것이다.

'아무에게도 말하면 안 돼. 약속해.'

하고 다짐한 '여기서만의 이야기'는 절대로 남에게 말하지 않는다. 진정 말하고 싶으면 거울이나 침대를 향해 말하는 것이다. 그것만으로도 '말하고 싶은 욕망'은 상당히 해소되는 법이다.

약속을 지키는 것에 인생을 건 사람

당신이 자신의 업무 수준을 높이기 위해 동종 업계에서 알게 된 타사의 친구와 해외 시찰을 가기로 굳게 약속을 했다고 하자. 그런데 그는 휴가를 낼 수 있었지만, 당신의 휴가 신청서는 수리되지 않았다.

이럴 경우 당신은 어떻게 하겠는가? 그 친구와의 약속을 지켜 해고당할 각오로 무단결근을 할 것인가, 아니면 친구에게 해고당할지도 모른다는 사정을 말하고 미리 양해를 구하겠는가?

막부 말기에 외국 선박이 빈번히 드나들던 무렵, 두 청
년이 거의 정보도 들어오지 않는 토오호쿠(東北) 연안을 시
찰할 필요성을 느끼고 약속을 굳게 했다. 그 두 청년은 요
시다 쇼잉과 미야베 테이조(宮部鼎藏, 근왕 양이 파 지사)였다.

쇼잉은 요시다 집안에 양자로 들어갔는데, 요시다 집안
은 대대로 야마가(山鹿) 류 군학사범의 가문이었다. 5, 6세
경부터 엄격한 교육을 받은 쇼잉은 겨우 11세에 야마가 류
군학의 어전 강의를 하여 영주를 놀라게 했고, 19살에 사범
으로서 인정을 받았다.

그리고 21세 때 군학 수업을 위한 큐슈 유학을 허락받
아 히라도(平戸)와 나가사키를 돌아 서양 포술 등의 외국 관
계 지식을 얻게 되는데, 그때 미야베를 알게 되었다.

'토오히(東肥) 사람 미야베 테이조는 의연한 무사였다.
나는 항상 그에게 미치지 못했다.'

하고 쇼잉은 역시 야마가 류를 배우고 있던 미야베의
성격에 반했고, 열 살 위인 미야베 역시 젊어서 쵸슈 한의
사범이 된 쇼잉에게 경애하는 마음을 갖게 되었다. 쇼잉은
진실강건(가식이 없고 착실하고 늠름하며 견실함)한 미야베가 마

음에 들어 칼 차는 띠의 모양에서부터 머리를 틀어 올리는 모양까지 흉내 냈다고 하니, 미야베의 영향이 상당했던 것 같다.

큐슈에서 돌아온 쇼잉은 영주의 산킨(에도 막부가 영주(다이묘)들을 교대로 일정한 기간씩 에도에 머무르게 한 제도) 교대를 따라서 에도로 가 야마가 류의 종가인 야마가 소스이(山鹿素水. 병학자)와 양학의 사쿠마 쇼잔(佐久間象山)의 문하로 들어가는데, 거기서 역시 야마가 소스이의 밑에서 공부하기 위해 에도로 온 미야베와 재회했다.

이렇게 하여 두 사람은 토오호쿠를 시찰하기로 하고, 쇼잉은 쵸슈 한에서 토오호쿠 시찰 허가도 얻었다. 때문에 여기서 훌쩍 토오호쿠로 길을 떠나면 아무런 문제도 없었다.

그런데 두 사람이 토오호쿠로 간다는 말을 듣고 에바타 고로오(江幡五郎)라는 남자가 동행을 요구해 왔다. 그의 목적은 형의 원수를 갚기 위해 모리오카(盛岡)로 잠입하는 것이었다. 쇼잉도 그의 의기에 감격하여 동행을 허가했고, 출발을 12월 15일로 결정했다.

그런데 쇼잉은 출발 직전이 되어서야 관문을 통과할 때

제시하는 신원증명서(통행증)를 교부받지 못했다는 것을 깨달았다. 그 이유에 대해서는 단순한 사무 절차상의 문제로, 무심한 쇼잉다운 실수라는 것이 정설이지만 복수에 말려들 위험을 고려한 한(潘)이 호의로 발행하지 않았다고 하는 설도 있다.

아무튼 통행증 교부를 기다릴 수밖에 없는데, 그것을 기다리다가는 약속한 12월 15일의 출발이 늦어질 게 뻔했다. 그래서 당일에 쇼잉은 토오호쿠로 떠났다.

회사에 무단으로 결근하는 문제가 아니다. 쇼잉의 행동은 탈 한(무사가 자기가 속해 있던 한을 뛰쳐나와 낭인이 됨)에 해당되며, 당장에 추격자가 뒤따르고 그 추격자에게 칼을 맞아 죽어도 할 말이 없는 상황이었다. 게다가 고향(영지)에 있는 부모형제에게도 해가 미쳤다. 그럼에도 불구하고 쇼잉은 추격자가 두려워 가명까지 사용하며 여행에 올랐다.

한(潘)의 친구들 덕분에 추격자는 뒤따르지 않았지만, 가록(家祿, 한 집안이 세습적으로 물려받는 녹봉)이나 사족(士族)의 족적(族籍, 백성 신분의 계급과 호적)은 박탈되고 말았다. 지금이라면 회사에서 해고당해도 전직할 수 있지만 당시는 전직이라는 것은 생각지도 못할 일이었다.

그런데 쇼잉은 이런 무모한 행동을 왜 했을까?

그는 이렇게 말하고 있다.

"한 번 약속한 것은 산보다 무겁다. 비록 가록이나 족적을 박탈당했다 해도 지켜야 한다. 무엇보다 나라에 보답하려고 하는데 어찌 자질구레한 규칙에 얽매일 필요가 있겠는가."

게다가 그 약속은 다른 한(潘)의 무사와의 약속이다. 그 약속을 어기면 쵸슈의 무사는 아무렇지 않게 거짓말한다는 말을 들을지도 모른다. 그렇게 되면 쵸슈 전체의 수치이며, 영주의 수치도 된다.

그런 일도 있고 해서 쇼잉은 산보다 무거운 약속을 지켰는데, 그 한편에서는

'이 긴급사태에 한(潘)의 규칙 따위에 일일이 신경 쓰고 있을 수 없다.'

라는 기개가 있었던 것도 분명하다.

아무튼 쇼잉은 후에 미국 밀항을 꾀하여 외국 선박 페리에 승선을 청원하는 대죄를 범하는데, 근신 중에 개설한 쇼오카손쥬쿠에 많은 수재들이 모였고, 옥중에서는 상인과 장인 계급의 사람들이나 간수들까지 쇼잉에게 감화되었다

고 하는 것도, 그의 본질에 만인에 대한 지성과 친구에 대한 신의가 있었기 때문임에 틀림없다.

지성과 신의. 이런 케케묵은 말을 하면 늙은이의 허튼 소리라 생각할지도 모르겠다. 그러나 이렇게 살벌하고 인간관계가 희박해진 시대였기 때문에 지성과 신의를 가지고 있는 사람은 쇼잉 이상으로 빛이 났던 것이 아닌가 한다.

어려운 약속에 직면했을 때

약속했으면 아무리 대수롭지 않은 약속이라 해도 지켜야 한다. 당신으로서는 대수롭지 않은 약속이라도 상대로서는 중요한 약속일지도 모르기 때문이다. 자신의 아이와의 약속은 대개가 그렇고, 약속을 어긴 부모는 아무렇지 않게 생각하지만 아이의 마음은 큰 상처를 입는 경우도 적지않다.

그런 것을 반복하고 있는 부모는 아이의 신뢰를 잃고,

이윽고 부모와 자식 간의 단절이 생길 것은 불을 보듯 뻔한 것이다.

그럼 어떻게 하면 될 것인가? 지키지 못하는 약속은 하지 않으면 된다.

"돌아오는 일요일에 함께 골프하러 가지 않겠습니까?"

라는 권유를 받고, 자신의 일정도 고려하지 않고 '그거 좋습니다' 하고 대답해 놓고는 바로 당일이 되어서야 약속을 취소한다. 이런 일을 몇 번 반복하게 되면 어느새 '무책임한 사람'이라는 꼬리표가 붙어 아무도 그런 권유를 해오지 않게 된다.

"수요일이 돼 봐야 할 것 같은데, 일요일의 일정이 확실하지 않기 때문에 대답을 수요일 해 드려도 괜찮으시겠습니까?"

이렇게 대답하거나 혹은,

"괜찮을 것 같은데, 지금은 약속할 수 없으니 수요일에 대답해 드리겠습니다."

하고 분명히 말하고, 기한이 되어 대답하면 된다. 자신도 가고 싶으니까 그만 약속해 버리는 마음은 알겠지만 그래도 약속은 약속이다. '안 될 것 같으면 그만두면 된다'고 생각하면서 약속하는 것은 논할 바가 못된다.

약속은 될 수 있는 한 하지 않는다. 하지만 한 번 한 약속은 아무리 대수롭지 않은 약속이라도 지킨다. 이것을 관철하기만 해도 주위 사람들의 당신에 대한 신망은 놀랄 정도로 커질 것이다.

돈의 약속은 폭탄이 된다

여객선 여행의 즐거움 중의 하나는 문화도 말도 다른 항구에서 유머 넘치는 티셔츠를 사는 것이다.

아마도 홍콩이었을 것으로 생각된다. 내가 마음에 드는 티셔츠를 발견하고는 좋아하고 있는데, 같은 여객선으로 여행하고 있는 80대의 남자가 다가와서,

"정말 유머가 철철 넘쳐흐르는 티셔츠네요. 가만, 나도 한 장 살까?"

그러나 그 남자는 돈을 가지고 있지 않다고 했다. 돈을 모두 부인에게 맡겼는데, 그 부인은 지금 마음 맞는 동료와 다른 곳으로 쇼핑하러 갔다고 했다.

일본 돈으로 환산하면 1000엔 정도 되는 티셔츠였는데, 나는 홍콩 달러로 그에게 빌려 주었다.

"죄송합니다. 배로 돌아가면 바로 돌려드리겠습니다."

하며 몹시 죄송스러워했다.

그리고 그 자리에서 헤어졌는데, 배로 돌아올 무렵에 나는 돈을 빌려 준 것을 까맣게 잊고 있었다.

거리에는 흥미로운 것들이 넘쳐나고, 이런 것들을 즐기면서 점포를 두리번거리고 있는 사이에 잊어버렸다고 하면 변명하는 것 같지만, 그 당시 85세인 나는 이미 뇌 세포의 30~40퍼센트가 파괴되어 있었기 때문에 잊을 수도 있었을 것이다.

그리고 그대로 귀국하여 1, 2개월 정도 지날 무렵, 어떻게 알았는지 그 사람으로부터 현금 등기우편이 왔다. '뭐지?' 하고 생각한 순간 그 티셔츠를 살 때 빌려 주었던 것이 생각났다.

봉투를 뜯자 일본 돈으로 1200엔과 다음과 같은 내용이 들어 있었다.

〈……전략(前略)……호의를 받아들여 돈을 빌리고, 배로 돌아가서 갚아 드리기로 약속했음에도 불구하고 부끄럽게도 깜빡 잊고 말았습니다. '늙으면 추하게 이런 말을 하겠지' 하고 참으로 비참한 기분이 들었습니다. 아내와 여행의 추억담에 잠겨 있을 때 그 재미있는 티셔츠가 생각나서, 아직 정리도 하지 않은 가방에서 꺼내 보았습니다. 실은 홍콩에서……꺼내놓고 보니 모든 것이 생각났습니다. 참으로 죄송합니다. 늦었지만 돌려드립니다. 저는 늙는 것을 마음 아파한 적은 없고, 노후를 즐기고 있다 생각하고 있었는데, 빌린 돈을 돌려드리는 것도 잊어버리는 주제에 뭐가 노후를 즐기고 있는가 하고 자신을 질책하고 있습니다……후략(後略)〉

나는 이 편지를 읽으면서 이 사람은 돈의 무서움을 잘 알고 있는 사람이구나 하고 생각했다. 인간관계에서 돈은 폭탄과 같은 것이다. 돈을 빌려 주고 빌림으로써 오랜 친구가 싸우거나 재판을 받는 사건을 종종 보아 왔다.

"며칠까지는 꼭 갚을 테니까……."

하며 약속 해놓고 갚지 못해 옥신각신 하게 되는 원인

이 된다. 그래도 빌려 준 쪽에 여유가 있으면 친구 사이이기 때문에 '며칠까지는 꼭 갚을 테니까'라는 말을 믿고 기다리게 된다.

그런데 약속 날짜가 되어도 갚지 않는다. 이런 것을 반복하고 있는 사이에 빌려 준 사람은 돈을 갚고 안 갚고를 떠나서 약속을 몇 번이고 어기는 것에 불신감을 갖게 된다.

이것은 몇 백 엔, 몇 천 엔이라는 조그만 금액에서도 마찬가지다. 예를 들어 여럿이서 각자 부담하여 한 잔 하러 갔을 때, 때마침 가지고 있는 돈이 없다거나 지갑을 놓고 왔다는 등의 이유로 대신 내 달라고 해놓고 그것을 까맣게 잊어버리는 사람이 있다.

물론 나쁜 마음으로 떼어먹는 것은 아니겠지만 편지 내용과 같이 '돈을 빌려놓고는 잊고 있었다'는 것 자체를 문제 삼는 사람도 있겠으나, '돈 셈이 흐리다'라는 낙인이 찍힌다.

돈은 폭탄이 된다. 그렇게 생각하고, 비록 적은 액수라도 빌렸으면 반드시 갚도록 유념해야 할 것이다.

'은혜를 베푼다' 가 아니고 '힘이 되었다' 고 생각한다

약속은 산보다 무겁고, 반드시 갚아야 하는 것이다. 그런데 유감스럽게도 사람의 약속이 반드시 지켜진다고는 할 수 없는 것도 사실이다.

'틀림없이 월말에 갚을 테니까.'

'당신에게 폐를 끼치지 않도록 약속하겠습니다.'

이런 약속을 믿고 배신당한 경험은 누구나 있다고 생각한다. 배신당했다고 생각하면 화도 나고 상대에 대한 신뢰감도 희박해진다. 그래서 이런 불편한 관계를 방지하기 위해 계약서나 차용증서를 서로 주고받으며 문제가 발생했을 때의 처리 방법을 사전에 정하게 된다.

보통은 이 계약서가 이른바 약속의 증서가 되는데, 친구나 아는 사람과의 관계에서는 계약서는 물론이고 차용증서 같은 것은 서로 주고받지 않는 경우가 허다하다.

'소중한 친구에게는 돈을 빌려 주지 마라.'

라는 격언도 있지만, 좀처럼 지켜지지 않는 경우가 있다. 물론 돈을 빌리는 경우에는 차용증서 정도는 쓰겠지만 설사 차용증서가 있다 해도 한 푼 없는 상대에게 갚으라고 해봤자 돈은 돌아오지 않는다.

게다가 궁지에 몰려 돈을 빌리고 있으니까 그렇게 될 가능성이 절대로 없다고는 말할 수 없다. 그래도 빌려 주고 싶다면 처음부터 각오해야 하는 것이다. 돈을 빌려 준다고 생각지 말고 맡겨 둔다고 생각하는 것이다.

'기한은 정하지 않아도 좋으니 여유가 생기면 갚아 달라.'

기한을 정하면 상대가 약속을 어길 가능성도 생긴다. 그래서 낯을 붉힐 정도라면 처음부터 기한을 정하지 않으면 된다. 이것이 소중한 친구에게 돈을 빌려 줄 때의 마음 가짐이다. 진정한 친구라면 돈은 언젠가는 돌아온다.

'은혜를 베푼다'고 생각하지 말고 그 친구의 '힘이 되었다(도움이 되었다)'고 생각하면 된다. 당신이 그 친구의 도움을 받을 일이 없다고는 말할 수 없기 때문이다.

Part 6

진정한 친구를 만날 수 있는 사람은 '순수함'을 가지고 있다

**진정한 친구란 서로가 본성을 드러내어 편하게
사귀는 상대다. 친구라 생각하고 있어도 그 사람 앞에서
편하게 있을 수 없다면, 그것은 진짜 친구라고 할 수 없다.**

한마디의 말로
상대방의 마음은 밝아진다

파티 석상에서나 혹은 함께 여행을 가도 즐기고 있는지 없는지 전혀 알 수 없는 사람이 있다. 모두 왁자지껄하며 흥겨워하고 있을 때도 약간 거리를 두고 그 광경을 잠자코 바라보고 있다.

별로 즐기지 못했나 하여 다음 기회에 권하면 거절하지 않고 또 참가한다. 또 오는 것을 보니 즐거운 면도 있는 것 같다는 생각에 까다로운 표현으로 상대의 마음을 헤아려 볼 수밖에 없다.

좋게 말하면 '겸허한 사람' '주제넘게 나서지 않는 사람' '조용한 사람' '냉정한 사람'이라고 말할 수도 있지만 나쁘게 말하면 '분명치 않은 사람' '교제성이 없는 사람' '개인주의인 사람' 나아가서는 '무엇을 생각하고 있는지 모르는 사람'으로 어느 새 주위 사람들로부터 멀어져 버리고 만다.

실제로는 남에게 폐를 끼치는 사람은 아니라 해도 무엇을 생각하고 있는지 모르는 것이 주위 사람들에게 어떤 불안을 주고, '긁어 부스럼 만들지 마라'는 듯이 된다.

이런 자신의 마음을 분명히 표현하지 않는 사람은 상대의 마음을 배려하는 것이 서툴다. 파티나 여행을 권한 사람으로서는 모처럼 권한 상대가 즐기고 있는지 어떤지는 매우 신경 쓰이는 법이다.

"정말 즐겁습니다."

"권해 주셔서 정말 감사합니다."

이와 같은 한마디 말이면 권유한 사람도 안심을 하게 되는데, 그런 마음을 배려하지 못하면 결국 권하는 목소리도 멀어지게 된다.

이 자신의 마음을 표현하지 못하는 사람의 이면에는 남의 비평이나 평가만을 신경 쓰는 부분이 있다. 그 때문에 항상 언동이 타인에게 좌우되는 경향이 있고, 확고한 신념이나 자신의 의견이 없다.

그 때문에 자신을 결코 비판하지 않는 사람을 따른다. 직장인에 비유하면 이른바 아부하는 사원이 되기 쉽다. 또 이런 사람은 자신을 비판한 사람을 적으로 간주하는 경향이 강하고, 상대가 자신을 비판했다는 것을 알면 그 사람을 욕하며 돌아다닌다.

이런 사람에게는 주위 사람들이 모여들 리가 없다. 또 이런 사람은 그 약점 때문에 강한 사람에게 이용당하는 경우도 적지 않다.

이와 같이 남의 마음을 배려하는 것은 매우 중요한데, 그렇다고 해서 타인에게 좌우된다면 '자아가 없는 사람'이 되어 버린다.

"나의 언동은 나의 문제, 그것을 비방하거나 칭찬하는 것은 타인이 말하는 것, 그런 것은 나와는 관계없는 일이다."

이것은 비판에 대한 대답으로 카츠 카이슈가 한 말이다.

카이슈에 대한 비판이란, 메이지유신(1868-1912)에 접어들면서 참의원 겸 해군 장관에까지 발탁됨으로써 '무사는 두 군주를 섬기지 않는다'라는 무사도 정신에서, 혹은 질투나 선망에서의 비판으로 후쿠자와 유키치가 그의 저서 속에서 '이 비판을 어떻게 생각하는가'라는 질문에 답한 것이다.

항상 '공'의 정치를 좋다고 한 카이슈로서는 막부에서 조정으로 정권은 바뀌어도 일본의 정치가 지향하는 것은 변함이 없었다.

즉, 타인의 마음을 배려하려고 하지 않는 사람, 타인의 비판이나 비평에 지나치게 신경 쓰는 사람, 타인의 비판에 반발하는 사람은 자신이 없는 사람이라고도 말할 수 있다.

이와 같이 신념이나 자신을 가지고 있는 사람에게는, 사람들은 모이지만 이것도 정도 문제로, 지나치게 자신하는 사람이 되면 단숨에 미움을 사는 사람이 되어 버린다.

역겨운 사람이란 어떤 사람인가

역겨운 사람이란 구린내나 미운 털이 박힌 사람을 가리킨다. 대표적으로 지나치게 내세우는 사람이다.

〈나는 천하제일의 인물이다. 때문에 자손을 잇따라 늘려 나라에 유용한 인간으로 키워야 한다. 그렇게 하기 위해서는 첩이 있어야 하는데, 내게 첩을 소개해 주었으면 하네. 나의 취향은 코가 높고 둥근 얼굴, 피부가 매끄럽고 엉덩이 큰 여자면 아주 딱이지.〉

이런 편지를 여기저기 보내어 첩의 알선을 의뢰한다.

이것을 타카스기 신사쿠 같은 사람이 한다면 '또 농담이군' 하고 넘겨 버릴지도 모르겠고, 다른 사람들이 보면 웃기는 이야기겠지만, 자기 딴엔 진지하다.

'자기와 같이 우수한 인물은 자손을 많이 두는 것이 나라를 위하는 것이다.'

라고 생각하고 있으니 대단한 자신감이다. 이 인물은, 학식은 분명히 천하제일, 그 오만함과 자존심이 강한 것도 막부 말기 제일이라 할 수 있는 사상가이자 군사학자인 사쿠마 쇼잔(佐久間象山)이다.

"나는 타인이 모르는 것을 알고 있으며, 남이 할 수 없는 것도 할 수 있다. 이것은 하늘이 특별히 내게 준 혜택이다."

"일본에 한문학이 일어난 지 천 년 남짓 되지만 나 이상의 인물은 나오지 못했다."

마치 자신의 능력을 파는 것이 유럽 사람과 같지만, 이렇게 지나치게 잘난 체 하는 인물은 일본에서는 역겨운 사람으로 멸시당한다. 쇼잔의 능력을 일찍부터 총애하고 있던 신슈 마츠시로 한(信州松代潘)의 영주 사내다 유키츠라(眞田幸貫)마저 다음과 같이 말하고 있다.

"재능과 지혜에 있어서는 훌륭한 인물이지만 아깝게도 겸허함이 없고, 그 때문에 많은 사람들과 교제하게 되면 모두 적이 되어 버린다. 집단의 화목과는 동떨어진 인물이다."

그런데 쇼잔은 이런 오만 불손하다는 비판에,

"백 년이 지나면 내 심중을 아는 사람도 있을 것이다."

하고 전혀 마음 쓰지 않는다. 바로 신념과 자신감의 인물인데, 그것이 지나치기 때문에 결국은 그 능력을 나라를 위해 유용하게 사용할 수 없었던 것이다.

예를 들면, 쇼잔은 외국 선박이 내항하기 10년 전부터 해상 방위의 중요성을 진언했다. 선견지명이라는 면에서도 당시 제일인자였다. 때문에 카츠 카이슈나 요시다 쇼잉 등이 문하생으로 들어갔고, 모든 다이묘(영주)나 막부도 주목하여, 쇼잔 스스로도 말하듯이 천하제일의 인물이라는 평을 받았다.

그런데 그의 진언은 하나도 결실을 맺지 못했다. 그 이유는 그의 말을 이해할 수 있는 사람이 적었던 것도 있지만 그 이상으로 지나친 자신감이 화를 부른 것이었다.

사내다 한(潘) 안에서도 영주 유키츠라가 쇼잔을 인정하면 할수록 중신들은 쇼잔에게 반발하여 까닭 없이 싫어했다. 그리고 외국선박이 내항하기 1년 전, 유키츠라가 세상을 뜨자, 마츠시로 한(潘)의 중신과의 관계는 결정적이었다.

그래도 외국선박이 내항으로 인해 한(潘)은 손바닥 뒤집듯이 쇼잔을 인정했지만 그것도 잠시, 요시다 쇼잉의 밀항 발각으로 인해 쇼잉에게 격려의 편지를 쓰고 있던 쇼잔은 9년 동안이나 부득이 칩거를 하게 되었다. 43세에서 52세까지가 한창 때의 시기였다.

그래도 시대는 쇼잔을 필요로 했기 때문에 쵸오슈 한(潘)과 토사 한(潘)의 작용으로 칩거가 허용되어 양쪽 한(潘)에서의 초빙뿐만 아니라 조정으로부터도, 막부로부터도 초빙되어 결국은 쇼군 이에모치(家茂)의 명에 의해 조정 설득 역할을 맡게 되었다.

조정도 쇼잔에게는 일보 양보하고 있었기 때문에 설득은 순조롭게 진행되었다.

쇼잔은 교토를 쫓겨난 쵸오슈 한이 다시 실지(失地) 회복을 위해 교토를 공격하려 하고 있었기 때문에 천황을 히코네(彦根)로 옮기려 했다.

그런데 이것이 근왕 양이 파의 분노를 샀다. 공경들에

게 개국론을 역설하고 돌아다니는 것만 해도 불쾌한데, 천황을 히코네 한(藩)으로 옮기게 된다면 손 쓸 방도가 없기 때문이었다. 그들은 당연히 쇼잔의 암살을 도모했다.

그런데 쇼잔은 암살을 전혀 두려워하지 않았다.

"만약 하늘의 뜻이 있다면 내게 저항할 자 없다고 본다. 나는 전 일본의 명맥을 쥐고 있기 때문에, 만약 내가 살해되면 이 나라는 큰 내란으로 휘몰릴 것이다. 나 자신은 일본의 존망과 함께 할 각오이기 때문에 사람들이 무슨 말을 하든 두려울 것도 없고, 마음 편히 지낼 수 있다."

자신이 죽으면 일본도 멸망한다고 하니 대단한 자신인데, '자신은 살해되지 않는다'고 생각한 지나친 자신감 때문에 방심한 것은 아니었을까, 쇼잔은 교토로 들어간 지 불과 4년 만에 근왕 양이 파에 의해 암살되고 말았다.

비록 그것이 정론이라 해도 그것을 주창하는 사람이 지나치게 자신하는 역겨운 인물이라면, 그 정론에 찬동하는 사람도 없고, 결국 채택되지 않는다는 교훈이다.

자신감을 갖는다는 것은 중요하지만 그것을 과시하지 않고 능력을 인정받으면 받을수록 겸허해지는 사람 밑으로 사람들은 모여들게 마련이다.

자신의 가치관만으로는 사람은 떠나간다

사람이 백 명 모이면 거기에는 백의 가치관이 있고, 천차만별이다. 종종 '가치관이 같기 때문에'라는 말을 듣는데, 이것은 그렇게 믿고 있는 것뿐이다. 가치관이 같은 사람은 이 세상에 존재하지 않는다.

그런데 우리는 사람이나 물건을 판단하는 데 자신의 가치관에 의지한다. 물론 당연한 것인데, 그 자신의 판단이 반드시 절대적인 것은 아니라는 것을 자각하지 못하고 있는 사람이 적지 않다.

예를 들어 의사들 중에는,

"인간은 주행성 동물이기 때문에 아침에 일어나서 밤에
자는 것은 당연한 것. 건강을 위해서는 일찍 자고 일찍 일
어나는 것이 원칙이다."

라고 말하는 사람이 있다. 분명히 맞는 말이지만 상대
가 야근이 많은 업무를 담당하고 있는 경우에는 이런 충고
를 들어도 아무런 도움이 되지 않는다. 자신의 가치관만으
로 판단하기 위해서 세상에는 경찰관이나 소방대원, 간호
사 혹은 편의점 등에서 밤늦게까지 일하고 있는 사람들이
많이 있다는 것을 자신도 모르게 잊어버리는 것이다.

직장인 사회에서도 이런 예는 적지 않다. 예를 들면,
'상사의 지시는 결코 거역하지 않는 것이 좋다' 고 생각해
온 사람은 자신에게 거역하는 부하직원에게는 열화와 같이
화를 낸다고 한다. 비록 상사라 할지라도 잘못된 것은 정확
히 지적하는 가치관이 있다는 것을 잊고 있는 것이다.

만약 이 상사가 여러 가지 가치관이 있다는 것을 정확
히 인식하고 있으면, 자신에게 거역하는 부하직원에 대해
서도 '생각하고 있는 것을 분명히 말하는 것이 좋다' 고 하

는 가치관의 소유자라는 것을 이해할 수 있고, 자신도 이 부하직원에게는 생각한 것을 거침없이 말할 수 있게 함으로써 보다 친밀한 관계를 구축할 수 있을 것이다.

그런데 자신의 가치관으로 모든 것을 판단하는 사람은, 예를 들어

'머리를 갈색으로 물들이다니, 무슨 짓인가?'

'여자 주제에 파일럿이 되겠다니, 도대체 무슨 생각을 하고 있는 거야?'

'애써 들어간 일류 기업을 왜 3년도 채우지 못하고 그만두는 거지?'

라는 식으로, 상대가 왜 그렇게 하고 싶은지 묻지도 않고 다짜고짜로 반대한다.

이런 사람 주위에는 사람들이 모여들지 않는다.

왜냐하면 자신의 가치관과 다르다고 비난만 하고, 사람의 재능을 키우는 것도, 활용도 할 수 없는 사람이기 때문이다. 물론 이런 사람은 자신을 발전시키는 것도, 자신의 가치관을 성장시키는 것도 할 수 없다.

약 10년 전만 해도 이와 같은 상사를 가진 부하직원들이 우리 정신과 의사를 찾아왔다. 상사와 부하직원 사이에

샌드위치가 되어 있는 중간 관리직 사람들이다. 그런데 최근에는 부장급 사람들이 우리를 찾아와서 탄식했다. 시대에 따라가지 못하고 탈락하는 것은 아닌가 하고 노이로제 경향을 보이고 있었다.

자신의 가치관으로 모든 것을 판단하는 사람들이 지금까지 해 온 것은 그 가치관이 회사에 의해 심어진 가치관이었기 때문이다. 그런데 그 회사의 가치관이 붕괴되어 버렸기 때문에 자신의 가치관을 잃어버리고, 어떻게 대처해야 할지 갈피를 잡지 못하고 있는 것이다.

그런데 같은 세대의 사람이라도 상대의 가치관을 이해하려고 노력해 온 사람들은 재빨리 가치관의 변화를 깨닫고 있으며, 의외로 저항 없이 이 시대의 변화에 적응하고 있다.

이와 같이 자신의 가치관에 구애되는 사람일수록 자신의 세계를 좁히고 자신보다 훌륭한 사람, 자신보다 기량이 큰 사람들에게 접근하려 하지 않는 것이다.

point 4

생색을 내려는
사람에게는 무엇이 부족한가

'내가 그렇게까지 해 주었는데, 조금도 은혜를 모르고
있다.'

이렇게 말하는 사람이 있다. 그것도 자기 자식에게 그
렇게 말하는 사람도 있으니, 놀라운 일이다. 아직까지는 의
리와 인정이 남아 있기는 하지만, 그것을 생색내려는 사람
이 많은 것도 사실이다.

이 생색을 내려는 사람들은,

'무엇을 해 주었으니까 내게 보답하는 것은 당연하다.'

라고 생각한다. 실은 이 의리와 인정의 사회는 영어 문화권의 기브 앤 테이크의 세계이다. 이 때문에 일본 사람들은 남에게 뭔가를 받으면 반드시 답례를 생각한다. 그렇게 하지 않으면 어떤 말을 들을지 모르기 때문이다.

"A는 내가 친정에서 뭔가 보내올 때마다 나누어 주었는데, 언제나 '감사합니다' 로 끝내는 거예요."

"어머나, A가 그런 사람이었나? 그렇게 얻어만 먹고 태연한 걸 보면 참……."

이런 비난을 받거나 좋지 않은 소문이 떠돌지 않는다고도 할 수 없다. 그것이 두렵기 때문에 받으면 답례하는 것이 당연시 된다.

미국 사람의 기브 앤 테이크인 경우에는,

'이번에는 내가 가질 테니까 다음은 당신이 가져요.'

하고 반드시 사전에 양해를 구한다. 그럴 때만 기브 앤 테이크가 된다.

그래도 물품인 경우에는 답례를 하면 되지만 이것이,

'그렇게나 귀여워해 주었는데' '그렇게나 잘 돌봐주었는데' '그렇게나 뒤를 받쳐 주었는데'

라는 것이 되면 때로는 매우 번거롭게 된다. 그런 것은 특히 부탁한 것도 아니기 때문에 '당신이 주고 싶어서 주었잖아요' 라는 식으로 말하면, 이것은 어떤 반격을 받을지도 모른다.

우리는 이런 사태에 빠질 위험성을 알고 있기 때문에 될 수 있는 한 생색내려고 하는 사람에게는 다가가려 하지 않는다. 남을 위해 이것저것 가족처럼 배려하는 것은 훌륭한 일이지만 그 대가를 요구한 순간, 그 사람은 멀어지게 된다.

진정한 친구의 조건은
긴장을 풀고 편해지는 것

남 앞에서는 조금이라도 단정한 외모를 갖추고 싶고, 미움 사고 싶지 않은 것이 인간이라는 생물의 특징이다. 그 때문에 자신의 본성을 감추고 마땅히 그래야 할 자신의 모습을 그리며 그렇게 행동하려고 한다.

이른바 자기 방어 본능이 작용하고 있는 것이며, 이런 때는 결코 편하지 않다. 그러나 인간끼리 점점 친해지면 차츰 그 긴장감이 느슨해져서 그 사람의 본성이 나타나게 된다.

어렸을 때 소꿉친구나 한솥밥을 먹은 동료끼리의 우정이 오래 지속되는 것도 서로 자신을 드러내고 편하게 사귈 수 있기 때문이다. 우리가 정말로 요구하고 있는 것은 이렇게 긴장을 풀고 편하게 사귀는 친구다.

흔히 기업의 경영자는 고독하다고 한다. 경영자의 주위에는 항상 많은 사람들이 모여들지만 항상 긴장감을 가지고 대해야 하고, 편하게 대할 수 있는 사람이 없기 때문이다. 그러나 이것은 그 경영자가 의심에 사로잡혀 있기 때문이다.

'자신의 지위를 이용하려고 생각하는 게 아닐까?' '출세를 위해 자신에게 접근해 오는 것은 아닐까?' '자신을 함정에 빠뜨리려고 하는 것은 아닐까?'

이런 마음을 가지고 있으면 결코 긴장을 풀 수 없다. 비록 상대가 자신을 드러낸다 해도 '당신에게 그렇게 편한 태도를 취하게 할 이유가 없다'는 듯이 거부해 버리기 때문에 고독한 것은 오히려 당연하다. 경영자로서의 자신이 없기 때문에 방어 자세를 유지하려는 까닭의 고독이라고도 말할 수 있다.

그런데 이런 경영자만 있는 것이 아니다. 어려워하는 부하직원들에게 스스로 흉금을 터놓고 자신을 드러내는 경영자도 있다. 진정한 힘이 되어 주는 유능한 브레인을 모으려 하는 이런 경영자는 고독과는 무관하다.

이와 같이 진정한 친구란 서로가 본성을 드러내어 편하게 사귀는 상대이다. 친구라 생각하고 있어도 그 사람 앞에서 편하게 있을 수 없다면, 그것은 진짜 친구라고는 말할 수 없다.

그러므로 자신의 약점을 결코 보이려 하지 않는 사람에게는 진정한 친구가 생기지 않는다. 비록 약점을 보이면 미움을 사는 것은 아닐까 하고 두려워하면, 상대는 당신이 자신을 거부하고 있다 생각하여 당신으로부터 떨어져나간다.

이와 같이 '얼마나 편하게 될 수 있는가'가 친밀감의 바로미터가 되는데, 특히 남녀관계에서는 적당한 긴장 관계가 오래 지속되는 비결이라고도 한다. 이것은 신선함을 잃지 않기 위해 항상 노력이 필요하다는 것이며, 편하게 지낼 수 있는 관계를 거부하는 것은 아니다.

Part 7

'감사하는 마음'을 잊지 않는
사람은 행복한 인생을 얻는다

감사하는 마음을 잊지 않는 사람들의 공통점은
호기심이 왕성하여 모든것을 흡수하려는 의욕이 강하다.
그 때문에 어떤 말이라도 민감하게 반응하고 감사한다.

'만나 주셔서 감사합니다'

그 사람과 함께 있으면 왠지 마음이 차분해진다. 그 사람과 말하고 있으면 왠지 안심이 된다. 당신도 틀림없이 이런 사람과 만난 적이 있을 것이다.

우리는 남에게 도움을 받거나 칭찬을 듣거나 하면 그 사람에게 감사하는 마음을 갖는다. 남에게 뭔가를 받았을 때 감사하는 것이 일반적인데, 개중에는 사람과의 만남에 감사하는 마음을 가지고 있는 사람도 있다.

'A야, 오랫동안 친구로 있어 줘서 고마워. 졸업을 해도

우리는 친구로서 영원히 변치 말자.'

'B야, 친하게 지내 줘서 고마워. 계속 사이좋게 지내
자.'

졸업을 앞두고 서로 주고받은 중·고교생의 편지에는
분명히 이런 글들이 있다. '요즘 아이들은……' 하고 업신
여기는 어른도 있지만 사람과의 만남이나 관계에 감사하는
마음을 가지고 있는 아이들도 많다.

개중에는 어른이 되어도 그 마음을 계속 유지하고 있는
사람도 있다.

'만나 주셔서 감사합니다.'

라는 마음으로 사람과 접촉하는 것이다. 그것도 외모에
서 오는 겸허함이나 타산적인 생각이 아닌 본심으로 한다.
그러면 상대는 뭐라 말할 수 없는 안도감과 상쾌한 기분을
갖게 되는 것이다.

감사하는 마음을 잊지 않는 사람들의 공통점은 호기심
이 극히 왕성해서 흡수 의욕이 강하다는 것이다. 그 때문에
어떤 말이라도 민감하게 반응하고 감동한다.

1장에서 사람을 칭찬하는 것은 자신의 감동으로 상대를
감싸주는 것이라고 설명했는데, 여기서도 감동이 상대를

상쾌한 기분이 들게 해 준다.

또 이런 사람에게 공통되는 또 하나의 특징은 자기가 좋아하는 사람만 골라 사귀지 않는다는 것이다. 어떤 사람에게서나 배워 얻을 수 있는 강한 흡수 의욕을 가지고 있기 때문이다.

누구에게나 장점과 결점이 있기 때문에 그 장점에만 스포트라이트를 비치는 양, 그 사람의 좋은 면만을 흡수해 나가는 것이다. 그리고

'당신과 있으면 큰 공부가 돼.'

하고 기뻐해 주기도 한다. 게다가 그 말에 거짓이 없기 때문에 상대까지 기쁘게 된다.

이렇게 하여 여러 사람으로부터 순수하게 본심으로부터 배우는 것이기 때문에 점점 성장한다. 감사하며 점점 성장하여 상대를 감싸게도 한다.

공명정대한 사람이 호감을 사는 이유

　남이 말하는 이야기를 잠자코 끝까지 듣고, 냉정한 제3
자적인 입장에서 공명정대하게 판단해 준다. 이런 사람은
어디에나 있을 것 같다는 생각이지만 유감스럽게도 매우
적은 것 같다. 왜냐하면 사람에게 상처 주고 싶지 않다는
생각 때문에 어떻게든 이야기하고 있는 상대에게 관대해지
고 공명정대하게 할 수 없기 때문이다.

　"그 사람이 결혼을 전제로 했기 때문에 사귀게 되었습

니다. 그런데 지금에 와서 헤어지자고 하다니, 너무 뻔뻔하다고 생각지 않아요?"

그런 말을 들으면, 분명히

'너무 뻔뻔하다. 형편없는 남자야. 그런 남자하고는 빨리 헤어지는 게 좋아.'

라는 반응을 보이는 사람이 많을 것이다. 그러나 이것은 차이고 있는 여성의 마음을 고려해서 하는 말이지, 결코 공명정대한 판단이라고는 할 수 없다.

'결혼을 조급하게 서두르는 마음이 있었던 건 아냐? 때문에 너는 '결혼을 전제로'라는 말에 헷갈렸던 게 아닐까?'

이것이 공명정대한 판단이 아닐까. '당신에게도 잘못이 있다'라고 하고 있으니, 개중에는 반발하는 사람도 있을 것이다.

"농담이라도 그런 소리하지 마. 나는 그가 성의 있는 사람이라고 생각했기 때문에⋯⋯."

라는 등, 자신에게는 잘못이 없었다고 하는데 자기 자신도 그것이 변명하는 것처럼 들릴 것이다. 그래도 그때는 반발해도 결국은,

'분하지만 그 사람의 말이 옳을지도 몰라.'

하고 생각하게 된다. 물론,

'남의 약점을 찔러서 듣기 거북한 소리하지 마. 분명히 그 무렵에는 결혼을 동경하고 있었고……'

하고 순순히 인정하는 여성도 있을 것이다. 아무튼 자신에게도 잘못이 있다는 것을 지적하니 좋은 기분은 아니다. 이런 상태에서는

'형편없는 남자야. 그런 남자하고는 빨리 헤어지는 게 좋아.'

라는 말을 들어도 격려해 주고 있다는 느낌이 들지 않는다. 이런 말을 하는 것 자체가 그 남자에게 아직 미련이 있기 때문에 개중에는 자신이 '뻔뻔한 남자'라고 말해 놓고도 남들이 '형편없는 남자다'라는 말을 하면 화를 내는 여성도 있다.

이런 일이 몇 번 계속되면 차츰 공명정대한 판단을 해 주는 사람 쪽이 안심할 수 있다고 생각하게 된다. 이것은 당연한 것이며, 자신이 갈피를 잡지 못해 상담하고 있는데 항상 '당신이 옳다'라고 동조하는 사람의 말에는 설득력이 없게 된다.

그런 위로보다 '당신에게도 잘못이 있다. 왜냐하면 그 것은⋯⋯' 하고 이유를 명확히 말해 주는 사람 쪽이 믿음직 하게 느껴지기 때문이다.

마음 따뜻한 사람, 친절한 사람이 호감을 사는 일본에서 는, 이런 경우에도 남성은 마음 따뜻한 사람이 되어 상대에 게 남의 약점을 찔러서 듣기 거북한 소리는 좀처럼 하지 못 한다. 그에 비해 미국에서 가장 소중하게 여겨지는 것은 '정 직함'과 '공명정대한 것'이다. 게다가 상대에게 'NO'라고 말하는 경우에는 반드시 그 이유를 말하는 것이 매너다.

이유를 말한다는 것은 그 사람의 의견을 분명히 말하는 것이다. 우리들은 형식적, 표면적인 미사여구를 늘어놓는 것보다 비록 귀 아픈 말이라도 그 사람의 사고방식을 확실 히 아는 것이 안심할 수 있는 법이다.

게다가 냉정하게 판단하면, 무엇이든 '당신이 옳다'고 그 자리에서만 위로의 말을 해 주는 사람보다 정확히 지적 해 주는 사람이 훨씬 자신을 위해 생각해 주고 있다는 것을 깨달을 것이다.

때문에 편견이 없는 공명정대한 사람과 있으면 마음이 차분해지고 안심할 수 있게 된다.

자신을 꾸미지 않음으로써 받아들여진다

'남에게 좋은 소리를 듣고 싶다. 미움을 사고 싶지 않다'고 생각하는 것은 집단생활을 계속해 온 인간의 본능이라 해도 좋을 것이다. 그 때문에 자신도 모르게 남들 앞에서는 자신을 꾸미려고 한다.

예를 들면, 당신이 정말로 성미가 몹시 급해서 걸핏하면 싸우려 하는 성격이라면, 그것을 감추거나 성격이 관대한 사람인 것처럼 꾸미려고 한다.

물론 그것이 나쁜 것은 아니다.

그렇게 성격이 관대한 사람 역을 함으로써 자신의 성격을 개선하려고 유의하고 있는 사람도 있다.

그러나 이것은 본래의 자신이 아닌 자신의 역을 하는 것이기 때문에 상당한 명배우가 아닌 이상 주위 사람에게 어색함을 느끼게 할 뿐이다. 연기의 긴장감이 전해져 아무래도 침착하지 못한 기분이 된다.

한편, 이런 경우 자신을 꾸미지 않는 사람은 급하다는 자신의 성격을 그대로 상대에게 내던지는 것이다.

'성격 급한 것이 내 결점이라, 어떻게든 고치려 하고 있지만 잘 안 된다. 관대한 것처럼 행동하면 연기가 서투른 배우처럼 되어서…….'

이런 수법은 '현재 급한 성격 개선 중'이라고 쓴 간판을 목에 거는 것과 같아서, 이거라면 다소의 실수 정도는 용납될 것이다.

또 자신을 꾸미지 않는 사람은 모르는 것은 모른다고 말할 수 있는 사람이다. 내가 아는 사람 중에 모른다는 것을 부끄럽게 생각하고 있는 사람이 있다. 분명히 그 사람은 보통 사람과 비교하면 박식하지만, 그렇다고 해서 화제가 되는 것 전부를 알고 있는 것은 아니다.

예를 들면,

"서양호박이라는 야채가 꽃이라면서요?"

"그래요, 꽃이에요."

"그것도 호박꽃이래요."

"그래요, 호박이에요."

그를 아는 사람 사이에서는 이와 같이 반복하는 경우를 보고 아는 체하고 있다고 한다.

정말로 그가 알고 있는 경우에는,

"그래요, 호박꽃입니다."

하고 반드시 지식을 알리기 때문에 곧 알아버린다.

이렇게 아는 체하는 사람에게서는 조금이라도 자신을 크게 보이려고 하는 상대의 연기가 훤히 들여다보인 것 같은, 어쩐지 불쾌한 느낌이 든다. 그렇게 하기보다,

"서양호박이라는 야채, 그거 꽃이래요."

"아니, 그게 꽃이라고요? 그러면 꽃봉오리인가?"

"그래. 그럼 무슨 꽃이라고 생각해? 호박이래."

"뭐, 호박? 몰랐는걸."

이렇게 하는 것이 훨씬 대화도 활기를 띠게 될 것이다.

이와 같이 모르는 것은 모른다고 말할 수 있는 사람, 말을 꾸미지 않는 사람, 말에 연기가 없는 사람일수록 상대를 안심시키는 법이다.

'인간의 가치관' 6가지

"아니, 그건 그렇지 않아. 이렇게 하는 것이 좋아."

"결코 이렇게 해야 해. 그렇지 않으면 실패할 거야."

상담하고 있는 것도 아닌데 자신의 의견을 강요해 오는 사람이 있다.

6장에서 기술한 '자신의 가치관으로 모든 것을 판단하는 사람'이 바로 이러한 형태인데, 조언을 하더라도 자신의 생각은 누구에게나 통용된다는 듯이 자신의 가치관을 강요해 온다.

'어떻게 하면 좋다고 생각하는가' 라는 상담에 '글쎄, 나라면 이렇게 하겠어' 라는 말도 흔히 있을 법하지만, 이것도 다른 형태의 의견 강매에 불과하다.

전철 안에서 뒷좌석에 앉은 20대 커플이 이런 대화를 나누고 있었다.

"일이 끝나면 자원봉사 할까 하고 지금 수화를 배우고 있는 중이야."

"뭐? 그러면 데이트도 충분히 못하잖아. 게다가 무엇 때문에 한 푼 돈벌이도 되지 않는 자원봉사를 한다는 거지?"

"하지만 사람들이 기뻐해 주면 그것으로 족하지 않아?"

"넌 내가 불쌍하지도 않니? 나보다 자원봉사가 더 중요하다는 거야?"

"그런 건 아니지만……."

바로 가치관과 가치관이 서로 부딪치고 있다. 남성은 자신의 뜻대로 되니까 좋겠지만, 가치관을 강요당하는 여성 쪽은 견딜 수가 없다.

이 두 사람은 언젠가는 '가치관이 너무 다르다' 고 헤어지는 것은 아닐지 모르겠다.

이 가치관에 대해서는 사람에 따라 천차만별이라고 했는데, 독일의 철학자 슈프랑가(Spranger)는 이 가치관의 형태에 대해서 분석했다.

그에 의하면 가치관은 다음 6가지의 형태로 분류할 수 있다고 했다.

One point | **'인간의 가치관' 6가지** |

●이론형…… 모든 것을 이치로만 생각하는 경우가 많고, 이론적·객관적으로 해석하기 때문에 차가운 인상을 준다.

●경제형…… 사고방식의 밑바탕에는 손익계산과 이해관계가 있고, 세상은 돈만 있으면 어떻게든 된다고 생각한다. 재테크에 열중하는 형태이다.

●심미형…… 예술가에게 많이 나타나는 형태로, 틀에 박힌 생활을 싫어한다. 창조성이나 감수성은 강하지만 생각에 일관성이 없고, 경제관념이나 현실성이 부족하다.

●사회형…… 사회 문제에 관심이 강하고, 인간관계를 중시한다. 자원봉사활동 등 남이 기뻐하는 일에 열중한다.

●권력형……지배욕, 출세욕이 강하다. 다른 사람 위에 오르는 것을 사는 보람으로 생각한다.

●종교형……속된 것에서 가치를 찾지 않고 신비적인 세계, 이상적인 세계에서 가치를 찾는다.

슈프랑가는, 인간은 이와 같은 6가지 형태 중 어느 하나에 속한다고 했지만 현실에는 경제형과 권력형을 함께 가지고 있는 사람도 있는가 하면, 이론형과 경제형·신비형과 종교형 등 한 사람이 몇 개씩이나 되는 측면을 가지고 있는 경우도 적지 않다. 게다가 어떤 형이 강하게 나오는가에 따라서도 사고방식은 다르며 천차만별이다.

그런데 예로 든 커플 이야기에 대해서 살펴보면, 이들은 경제형이 강한 남성과 사회형이 강한 여성에 해당된다.

이 여성처럼 '돈이 아니라 사람이 기뻐하는 것에 사는 보람을 느끼는 사람'에게 '한 푼도 벌이가 안 되는 자원봉사를 그만둬라'고 말해 봤자 설득력은 없으며, 하물며 '자신과 자원봉사 어느 쪽을 택하겠는가'라는 것은 상대의 사는 보람을 빼앗는 것일 수밖에 없다.

가치관을 강요하는 것이 아니라 그 사람이 어떤 형태인가를 알고 난 다음에 대답을 이끌어낸다. 예를 들어 앞의 커플의 경우라면,

"힘들겠지만 분발해서 배워. 그리고 내게도 수화를 가르쳐 줘."

라는 식으로 격려하면, 그녀는 '정말로 나를 이해해 주

고 있는 사람'이라고 느낄 것이다. 상담을 받은 경우도 마찬가지로, '나라면 이렇게 한다'가 아니라 그 사람에게는 어떤 형태의 가치관이 강한 사람인가를 이해하고, '당신에게는(당신의 가치관으로 보면) 이렇게 하는 것이 좋지 않을까' 하고 상대의 가치관에 의거하여 대답을 이끌어내어 주는 것이 중요하게 된다. 이것이라면 자신의 가치관을 그 사람에게 강요하는 것이 아니고, 오히려 커다란 힌트가 된다.

만약 당신 가까이에 이런 사람이 있어서 당신의 사고방식에 의거해서 조언해 준다고 하면, 틀림없이 당신도 그 사람을 자신의 좋은 조언자라 생각할 것이고, 항상 가까이 있어 주었으면 하고 생각할 것이다.

초지일관 자신의 뜻을 관철하는
사람에게서는 '건강'을 얻을 수 없다

목표나 꿈을 향해 분발하거나 노력하는 것은 인간의 미덕이라고 생각한다. 고교 야구 선수들이나 여러 가지 스포츠 선수들을 보고 있으면 노력이 얼마나 중요한 것인가를 실감나게 하며, 그들이 묵묵히 연습하는 모습에 감동마저 받게 한다.

묵묵히 노력하고 분발하고 있기 때문에 감동받는 것인데, 반면에 때때로 우리 주위에서 분발을 요구하고 있는 사람들을 만나곤 한다. 자신이 얼마나 노력하고 있는가, 얼마나 분발하고 있는가를 장황하게 늘어놓는 사람이다.

'좀 더 분발하라'든가 '노력하라'는 식으로 상대에게 직접 요구하고 있는 것은 아니지만 듣고 있는 쪽은 자신의 노력이 부족하여 게으름뱅이라는 말을 듣고 있는 느낌을 받는다. 게다가 이런 사람들은 불안감이 매우 높기 때문에 함께 있으면 침착하지 못하고 피곤해 한다.

이렇게 어떤 일이 있어도 끝까지 초지일관하는 사람과 같이 행동하면 생기 넘치는 활력을 나누어 가질 수 있다고 생각하는 사람도 많겠지만, 실은 생기 넘치는 활력은 그런 사람(어떤 일이 있어도 끝까지 초지일관하는 사람)한테서는 나누어 가질 수 없다.

항상 분발하고 있는 사람에게는 타인에게 나누어 줄 에너지 같은 것이 없다. 고작 기대할 수 있는 것은 드링크제와 같은 효과로, 그 자리에서는 활력이 넘치는 것 같은 기분을 맛볼 수 있을 뿐이다.

오히려 생기 넘치는 활력은 끝까지 초지일관하는 사람이 아니라 오아시스와 같은 온화한 사람으로부터 나누어 가질 수 있는 것이다.

"분발하기만 하는 인생이라면 무엇 때문에 살고 있는지 모르지 않는가? 아무튼 적당히 분발하고, 당황하지 말고, 유유자적하게 살면 되는 거야."

이런 말은 적당한 생활태도로 살아가고 있는 것처럼 느껴질지 모르지만 이런 사람 쪽이 훨씬 정신적인 에너지를 비축하고 있다. 그러므로 분발할 때는 다른 사람보다 몇 배나 많은 에너지를 발산할 수 있는 것이다.

'초조해 하지 않아도 돼. 분발하지 않아도 괜찮아. 사람에게는 각자의 페이스가 있으니까 나만의 페이스로 가면 돼. 그렇게 사는 것이 즐거운 인생 아닐까?'

정신적인 건강은 이런 안도감의 말을 해 주는 사람으로부터 나누어 가질 수 있는 것이다. 때문에 우리는 허겁지겁 조급해 하지 않는 사람이나 48시간 내내 분발하고 있는 사람보다 자신의 페이스를 지켜 온화하게 지내는 사람에게서 안도감을 느끼는 것이다.

행복한 마음을 가져다주는 사람

사랑이니 연애니 하는 관계도 아닌데, 왠지 그 사람과 있으면 행복한 기분이 든다.

당신이 아는 사람 중에 그런 사람은 없는지.

쓸쓸할 때, 침울해 있을 때에는 인간미 넘치는 따뜻한 마음으로 포근히 감싸주고, 행복한 기분일 때나 기쁠 때는 함께 기뻐해 준다. 이런 '사람은' 이상적인 사람이다.

'신이라면 몰라도 그런 인간이 이 세상에 있을 리 없지

않은가.'

만약 이렇게 생각했다면 틀림없이 당신 앞에는 그런 사람은 등장하지 않는다. 왜냐하면 지금의 당신은 매우 현실적이며 회의적인 사람이기 때문이다.

그러나 이런 사람은 반드시 있다. 예를 들어 3, 4세 아이와 이야기해 보기 바란다. 그 아이는 당신의 이야기에 눈을 반짝이며 들어줄 것이고, 당신에 대해 아무런 의심도 갖지 않는다. 게다가 당신에게 천진난만한 웃음 띤 얼굴을 충분히 던져 준다.

그런 아이의 웃음 띤 얼굴을 보고 있으면 자신의 아이가 아니더라도 행복한 기분이 드는 법이다. 하긴 같은 아이를 다른 각도에서 보는 사람도 있다.

'아이의 웃음 띤 얼굴은 살기 위한 무기다. 이 웃음 띤 얼굴이나 무조건 부모에게 의존함으로써 부모의 모성이나 부성이라는 본능을 이끌어내는 것이다.'

이런 눈으로 아이를 보고 있으면 결코 아이로부터 행복을 얻을 수는 없다. 이와 같이 행복을 주는 사람이 될 수 있는가, 없는가는 전적으로 당신이 사람을 어떻게 보고 있는가에 달려 있다.

'사람은 무섭다.' '속을지도 모른다.' '살기 위해서라면 무엇이든 하는 것이 인간이다.'

이런 식으로 생각하고 있는 사람은 본심으로 인간을 믿지 않는다.

한편, '나쁜 사람은 사실 없다.' '인간은 사랑해야 할 존재다.' '사람을 속이는 사람에게는 부득이한 사정이 있다.' '속이는 것보다 속는 사람으로 있고 싶다.'

이런 식으로 생각하고 있는 사람은 곧 상대를 믿을 수 있다. 그 신뢰감은 반드시 상대에게도 전달되는 것이며, 신뢰받고 있다는 것으로 상대도 안심하게 된다. 이렇게 서로의 안심하는 마음이 따뜻한 마음인 것이다.

당신이 슬프다고 생각할 때는, 이 따뜻한 마음은 평소보다 훨씬 따뜻하게 느껴진다. 그리고 행복할 때는 상대의 웃음 띤 얼굴에서 쏟아지는 따스함이 큰 행복을 주고 있는 것처럼 느껴진다.

이것이 행복을 주는 사람의 정체다. 요컨대 당신이 상대를 믿고 신뢰함으로써 상대도 당신을 신뢰하고 행복을 가져다주는 사람이 된다. 그리고 그것은 당신이 그 사람에게 행복을 주고 있다는 것도 된다.

Part 8

'실패를 두려워하지 않는'
사람에게는 책임감이 있는
사람들이 모인다

**깨끗이 책임질 수 있는 사람, 자신의 책임으로 행동할 수 있는 사람,
매사에 열심히 하는 사람에게는 역시 책임감이
강한 사람들이 모이게 마련이다.**

실패는 다른 사람 탓이 아니다

'왜 이렇게 실수를 하는 거야. 자네에게 맡긴 것은 이렇게 실수해서는 안 돼. 도대체 어떻게 할 거야?'

실수한 부하직원을 계속해서 야단치는 상사.

시대는 크게 변하여 이렇게 앙앙거리면서 회사에 남아 있는 시대는 끝났기 때문에, 이제 이런 상사의 모습은 사라졌다고 생각한다.

그런데 내가 아는 사람에 의하면, 회사에 따라서는 오

히려 이런 상사가 늘고 있다고 하니 놀랍기만 하다. 경영자나 경영 체질은 변하지 않았지만, 실력주의를 채택한 기업에서는 실패나 실수가 감정으로 평가되기 때문에, 상사는 그런 일이 없도록 부하직원들을 강요하려고 한다는 것이다. 실력주의라 해도 그 실력을 평가하는 시스템이 갖추어져 있지 않기 때문에 이런 일이 일어나는 것이다.

이런 상사는 부하직원에게 맡긴 주제에 대해 책임을 지지 않고 부하직원의 탓으로 돌린다. 그러면 부하직원의 공은 어떻게 되는가 하면, 부하직원이 자신의 지시대로 따라줬기 때문에 얻어진 성과라고 가로채려 한다.

이런 사람을 보면 딱해지는데, 본인으로서는 자신을 보호하기 위해 필사적으로 이런 짓을 한다. 어떤 의미에서는 자신의 능력이 없음을 자각하고 있는 사람이기도 하다. 그러나 그러면서도 출세욕은 강하다. 이런 사람은 '자기 위에는 자신보다 능력이 있는 놈이 없기 때문에 자신이 출세하지 못할 리 없다' 라고 생각하고 있다.

그리고 그렇게 하기 위해서는 남을 발판으로 삼거나 이용하거나 하는 것도 당연하며, 무엇을 하더라도 임원으로 발탁되면 이기는 것이라 믿고 있다. 전에는 이런 사람이라도 상사의 마음에 들기만 하면 출세할 수 있었으니, 기업 경영의 문외한이라도 경제가 다시 일어서지 못하는 이유를 이런 것에서 찾을 수 있을 것이다.

이와 같이 실수를 남에게 강요하는 사람은 극히 무책임하고 자기중심적이다. 책임을 강요당한 부하직원의 입장 같은 것은 전혀 신경 쓰지 않는다. 뿐만 아니라 실패한 부하직원에게 일을 맡긴 상사는 책임이 없고, 실패한 당사자가 책임을 지는 것이 당연하다고 생각한다.

그러면 왜 이런 사람들이 있는가 하면, 감점 평가로 너무 익숙해져 있기 때문이다. 공을 세우는 것은 당연한 것이며, 실수를 하면 감점되기 때문에 아무튼 실수를 하지 않는 것이 중요하게 된다. 요컨대 실수를 부하직원의 책임으로 돌리면 자신은 아무런 감점도 받지 않고 출세에도 영향을 받지 않는 것이다.

더구나 이런 사람은 자신이 해야 할 일에 전력을 다하지 않는 사람이기도 하다. 만약 전력을 다하는 사람이라면 그 결과가 실패를 하더라도 깨끗이 책임을 질 수 있기 때문이다.

21세기가 되어도 지금까지 이런 사람이 살아남아 있다

는 것이 이상한데, 실은 그들이 살아남을 수 있는 것은 사
회적인 책임도 있기 때문이다.

실수를 반복하는 사람에게 이런 말 한마디

사장이나 임원이 나란히 서서 일제히 머리를 숙인다. 이것은 일본의 기업이 문제를 일으켰을 때의 광경이다. 개중에는 머리를 조아리며 사과하는 경영자도 있다.

그리고 최종적으로는 사장이 책임을 지고 사임함으로써 일단 마무리된다. 기업에는 평온한 나날이 되돌아오고, 개중에는 중요한 것을 잊고 있는 것을 아무도 깨닫지 못한다. 말할 것도 없이 그 중요한 것이란, 불상사가 일어난 원인을 철저히 규명하여 두 번 다시 같은 잘못을 범하지 않도록 하는 것이다.

그렇게 하지 않기 때문에 같은 잘못을 몇 번이고 반복하는 것을 당신도 잘 알고 있을 것이다. 우선 누군가가 책임을 지면 그 문제는 그것으로 해결된다. 틀림없이 에도 시대의 할복이 그러한 형태겠지만, 일본에서는 이와 같이 누군가가 책임을 짐으로써 모든 것이 없었던 것으로 되어 버린다.

예를 들면, 상사가 책임을 부하직원에게 넘겨 씌우면 그것으로 일단 마무리되면서 상사 자신은 책임지는 일이 없다. 그러나 만약 책임보다는 왜 그런 문제가 벌어졌는가 하는 원인 규명이 우선시 되면 어떻게 될까?

규명의 과정에서는 본래의 책임자인 상사가 어떤 대응을 취했는가도 문제가 될 것이며, 이렇게 되면 도저히 책임을 면할 수는 없게 된다. 요컨대 책임을 부하직원에게 넘겨 씌우는 의미가 없어져 버리는 것이다.

이렇게 보면 일본에서는 '같은 잘못을 반복하지 않는 것' 보다 '누군가를 벌하는 것' 이 중요하다는 것을 알 수 있다. 그리고 그 벌이라는 것도 법률로 말하는 것보다 굴욕적인 벌을 주는 것을 중시하는 것이다.

예를 들면, 기업이 문제를 일으켜 피해자가 나왔다고 하자. 그 피해자나 유족에 대한 사과의 자리에서는 반드시 피해자 측에서 '머리를 조아려 사과하라'는 소리가 나온다. 거기에는 죄는 미워하되 사람을 미워하지 말라는 사상은 전혀 없고, 사람을 미워하여 그 사람을 욕보이고, 그에 의해 만족을 얻으려 하는 묘한 의식이 있는 것이다.

왜 이런 의식이 싹텄는가 하면, 나쁜 놈에 대한 법적 책임이 너무 가볍기 때문이 아닐까 한다.

서민은 책임을 지고 물러난 사장이 상담역으로써 실권을 유지하거나 책임지고 관료를 그만두었는데도 공익 법인의 경영자 자리에 앉아 높은 급여를 받으면서 느긋하게 살고 있는 광경을 실컷 보아 왔다. 그 때문에 강자에게 굴욕감을 줌으로써 더 이상 배겨 있을 수 없는 기분을 납득시키려 한다.

하다못해 그 본인에게 굴욕감을 주고, 그것으로 만족하려고 한다. 참으로 한심스러운 일이지만, 이것이 약자의 그 나름대로의 위로인 것이다.

이야기가 벗어났는데, 이와 같이 일본 사회는 책임지는

법이 가벼우면서도 그래도 그 죄를 부하에게 넘겨 씌우는 사람이 있는 것이 현실인 것 같다.

이와 같이 책임을 남에게 넘겨 씌우는 사람과 나란히 책임을 회피하려는 사람이 많은 것도 일본 사회의 특징인지도 모른다.

'그런 큰 역할은 저로서는 도저히 해낼 수 없으니, 용서하십시오.' '될 수 있으면 도움이 되고 싶지만 저보다 A씨 쪽이 훨씬 적격이고……'

라는 식으로 될 수 있으면 책임 있는 일은 떠맡지 않으려고 하는 사람이 당신 주위에도 있을 것이다.

'책임을 지고 싶지 않으니까 책임 있는 일은 하고 싶지 않다.'

이것 역시 책임을 남에게 넘겨 씌우는 사람과 조금도 다를 것이 없다.

자신의 생활 태도에 책임을 질 수 있는가

책임 있는 일이나 역할에서 도망치려 하거나 책임을 남에게 넘겨 씌우려는 사람이 있는 반면, 일에 실패하여 책임을 짐으로써 상태가 나빠져서 재기할 수 없는 사람이 있다. 실패에 넌더리나서 두 번 다시 같은 도전을 하려고 하지 않는 사람들이다. 이런 사람들을 미국의 학자 폴 마이어는 '서커스의 코끼리'에 비유하고 있다.

서커스단에 있는 코끼리는 출연하지 않을 때는 쇠사슬

에 묶여 있다. 하지만 그 쇠사슬은 코끼리의 힘으로 간단히 끊어질 정도의 것이다. 그런데 코끼리는 결코 쇠사슬을 끊고 도망치려 하지 않는다.

왜 도망치지 않는가 하면 어렸을 때의 체험 때문이다.

어렸을 때도 쇠사슬에 묶여 있었는데, 새끼 코끼리는 몇 번이고 그 쇠사슬을 끊고 도망치려고 시도했다. 하지만 새끼 코끼리의 힘으로는 아무리 해도 끊을 수가 없었다. 그럭저럭 하는 사이에 체념하고 난폭한 짓을 하지 않고 얌전해진 것이다. 그렇게 하여 어른 코끼리가 되어 쇠사슬을 끊을 힘이 생겨도 두 번 다시 쇠사슬을 끊으려 하지 않는 것이다.

폴 마이어는 이것을 코끼리가 저항해도 끊을 수 없었던 쇠사슬의 경험을 생각해 내기 때문이라고 설명하고 있다.

인간에게도 실패에 넌더리가 나서 자신감이 없다고 체념하여, 정말로 무능해져 버리는 사람들이 있다. 바꿔 표현하면 '실패를 활용하지 못하는 사람들'이다.

개중에는 실패 그 자체에 동요되어 불안해하고, 자신이 나아가야 할 길은 이제 없다고 생각하는 사람들도 있어서 자살하거나 정신과 의사에게 찾곤 한다.

이 사람들에게 결여되어 있는 것은 철저한 원인 규명이다. 원인을 찾으면, 예를 들어 쇠사슬이 끊어지지 않는 것은 자신이 미숙하기 때문이라는 것을 알 것이다. 그것을 알고 나면 좀 더 힘을 키우고 나서 도전하자고 생각할 것이다.

이것이 실패로 배운다는 것이다. 한 번의 실패로 넌더리를 내며 도전 정신을 잃어버리는 사람에게는 철저히 실패의 원인을 규명할 의욕이나 노력이 부족하기 때문에 '서커스의 코끼리'가 되어 버리는 것이다.

'당신의 힘을 생각하면 그런 것은 할 수 있을 것이다. 왜 도전하지 않는 것인가?'

'당치 않습니다. 과대평가도 유분수죠. 제게는 그런 힘이 없습니다.'

이와 같이 쇠사슬을 끊을 수 없는 사람들은 자신의 생활태도에 책임을 지지 못하는 사람이라고도 말할 수 있다.

반대로 책임감이 강한 사람이란 자신의 생활태도에 분명히 책임을 지려는 사람이다.

'사과와 책임'의 사고방식

'7명이나 되는 희생자를 내면서 왜 사과하지 않는가?'

전에 미국의 원자력 잠수함이 하와이 앞바다에서 일본 수산고교의 훈련선과 충돌하여 침몰시킨 사건이 있었다. 그 직후 잠수함 함장으로부터 아무런 사과도 없었기 때문에, 당시 일본에서는 대부분의 사람들이 초조함을 감추지 못했다.

'모든 일을 제쳐놓고 맨 먼저 사과하는 것이 도리가 아

닌가?'

일본에서는 누구나 그렇게 생각할 것이고, 물론 나도 그렇게 생각한다. 때문에 우리들은 툭 하면 아무튼 사과한다.

'죄송합니다.' '미안합니다.' '용서하십시오.' '잘못했습니다.'

감사의 말은 입에 담지 않아도 사과의 말을 입에 담지 않는 날이 없다 해도 좋을 정도다. 그 정도로 일본인이 잘못을 하고 있다고는 생각지 않지만, 아무튼 사과하면 원만하게 해결된다는 것이 일본의 특징적인 가치관의 하나다.

그런데 이것이 미국인들 눈에는 극히 형식적인 사과로 비춰진다. 우리의 입장에서 보면 '진심으로 사과하고 있는데, 형식적이라니 무슨 소리야' 하게 되는데, 미국에서는 '책임을 수반하지 않는 입으로만의 형식적인 사과'가 되는 것이다.

그 이유는 미국 사회에서의 사과에는 통상 고액의 손해배상이라는 책임이 수반되기 때문이다. 예를 들면, 교통사고 등의 경우에도 정지해 있는 차에 부딪쳤다는 등, 분명히 자신에게 잘못이 있는 경우가 아닌 한 결코 사과하려고 하지 않는다. 사과하는 것은 자신에게 잘못이 있다는 것을 인정하는 것으로, 손해를 전면적으로 배상해야 되기 때문이다.

이런 경우에는 서로 연락처를 가르쳐 주고 변호사끼리 해결하도록 맡겨 버린다. 일본의 경우에는 사과와 배상 책임은 별개 문제이고 '사과는 공짜'지만 미국에서는 사과 = 변상 책임으로, '사과는 비싼 것'이며 그것도 놀랄 정도로 비싸게 드는 것이다.

그래서 미국 사회에서는 우선 사과는 하지 않고 그 전에 우선 자신이 놓인 상황을 객관적으로 판단한다. 그 판단을 스스로 할 수 없을 경우에는 변호사와 같은 제3자의 판단을 요청한다.

원자력 잠수함 함장이 즉시 사과하지 않았던 것도 여기에 이유가 있다. 개인적으로는 자신의 변호사에 대해, 또 군인으로서의 공적 입장에서는 군의 판단을 요청해야 한다.

요컨대 문화의 차이이며, '우선 사과한다'고 하는 습관이 없기 때문에 미국에서는 그 함장의 행동은 비난의 대상이 되지 않고 오히려 권리의 행사인 것이다.

그러나 한 번 잘못을 인정하면 순순히 또 정중하게 사과하는 것도 미국의 문화다. 잘못을 인정하면 그것을 '신에게 고백하고 사과하면 용서받는다'고 하는 그리스도교 정신이 살아 있기 때문이다. 함장의 철저한 사과는, 선의로 해석하면 군인으로서의 입장에서 군에 상담하지 않고 독단으로 사과하지 못했던 것에 대한 함장 나름의 책임지는 방법이라 해도 좋을 것이다.

또 이 사건에서는, 또 하나의 책임지는 방법으로써 미국과 일본의 문화 차이가 표면화되었다. 함장에 대한 집행유예 조건에 감봉이라는 극히 가벼운 조치에 대해서였다. 이에 대해서는 일본에서도 많은 사람들로부터 죄가 너무 가볍다는 비난이 일었다.

만약 하교 도중에 고교생의 대열에 차가 돌진하여 귀한 7명의 생명을 빼앗은 교통사고가 발생했다고 하자. 그것이 현실로 바다에서 일어났다고 생각하면 분명히 감봉 2개월로는 너무 가볍다는 느낌이 든다. 게다가 집행유예 조건이니, 실질적으로는 제로다. 유족의 마음을 생각하면 이것으로는 도저히 납득할 수 없는 것이다.

그러나 미국에서는 '고의였는지 어떤지' 그것이 최대의

초점이 된다. 왜냐하면 인간은 길 잃은 새끼 양과 같은 약한 존재이며, 실수하는 것도 인간이기 때문이다. 때문에 그 잘못을 회개하면 용서되는 것이다. 신이 용서하는 죄를 인간이 벌할 수는 없다. 그러므로 '고의가 아니라' 게다가 '회개하면' 그 죄는 매우 가벼워진다.

또 하나 이탈리아에서 저공비행 훈련 중에 케이블카를 절단하여 많은 인명을 빼앗은 미국 공군전투기 조종사가 군사법정에서 무죄가 된 것도 이런 사고방식 때문일 것이다.

이것이 미국의 책임지는 법이다. 사과하고 손해배상 책임을 다하지만 법적인 죄로써는 '고의의 유무'가 중요하며, 이 함장의 경우도 군사법정에 회부되면 무죄가 되었을 것이라고 전해지고 있다.

그래서는 일본인들이 납득하지 않는다. 실질적인 처벌은 없지만 해군을 해직시킨다는 결론을 내리는 방법에 일본에 대한 배려가 있었던 것은 보도된 바와 같다.

분명히 함장의 죄는 가볍고 납득하지 못하는 사람도 많다고 생각한다. 그러나 미국에서는 기업을 도산시킨 경영자 수천 명을 형무소에 보낸 것도 사실이다. 회사에 손해를 끼친 것이 '고의'라고 판단되었기 때문이다. '고의'의 책임은 무겁고, 버블경제 때의 방만한 경영자들이 그 후에도 태평하게 지낼 수 있는 일본과는 다르다.

이와 같이 벌 본연의 자세에는 문화의 차이가 크고, 어느 쪽이 좋다고 판단할 수 있는 것은 아니다. 그러나 문화는 달라도 죄를 인정하고, 사과한 본인이 자신에 대해 책임지는 법에는 별로 차이가 없는 것 같다.

'이 정도로 사과했는데도 아직 부족하다는 건가.'

'사과했고 손해도 배상했다. 이미 끝난 것이 아닌가.'

'이렇게 사과하고 있으니 이제 용서해 줘라.'

'살인은 범했지만 형무소에서 형기를 마쳤으니 이미 상쇄된 거야.'

여러 가지 사건을 둘러싸고 말하는 이런 사고방식에는 일본에서도 미국에서도 많은 사람이 찬성할 수 없다고 생각한다. 중요한 것은 '사과하는 것'으로도, '배상하는 것'으로도 '엄중한 벌을 받는 것'도 아니고 죄를 범했다는 사실을 '본인이 어떻게 받아들일 것인가'이다.

중요한 것은 형기를 마치는 것이 아니라 범한 죄의 무거움을 실감하고, 그 무거운 짐을 짊어지고 살아가려고 결의하는 것이 아닐까 한다. 그것이 문화의 차이를 초월한, 진정한 의미에서의 '책임지는 법'이 아닐까 한다.

유족의 마음은 절실하게 알지만 미국과 일본에 커다란 문화의 차이가 있는 것은 분명하다. 그러나 그 문화의 문제를 논하기보다는 7명의 아무 죄도 없는 학생들의 생명을 잃게 한 그 함장이 그 후 어떻게 살아갈 것인지 그 생활태도, 즉 자기책임을 지는 법을 지켜보는 것이 중요한 것이 아닐까 한다.

실패의 책임을 지는
사람이 되어서는 안 된다

책임을 질 수 없는 사람을 두 가지 유형으로 분류할 수
있다.

하나는 자신을 보호하려는 욕심이 극히 강한 이기적인
유형이고, 또 하나는 전력을 다하지 않고 적당히 해 온 사
람이나 전력투구할 기회가 주어지지 않은 사람들이다.

전자의 경우는 별도의 문제이지만 후자의 경우는 가끔
이해하기 어려운 일이 일어나는 경우가 있다.

예를 들면, 신임 사장이 전 경영자의 판단 실수로 인해 생긴 불상사의 책임을 지고 그만두는 경우로, 매우 일본적인 현상이다.

일본적이라는 것은 책임의 소재를 명확히 하지 않은 채, 경영자의 퇴출로 일단락을 꾀하는 일본의 문화라는 의미다.

물론 그 사장이 임원으로써 전임 사장 밑에서 그 불상사의 원인을 만들어 냈다면 책임을 지는 것이 당연하지만, 일본에서는 자신에게 전혀 책임이 없는데도 책임을 지게 되는 경우가 적지 않다.

예를 들면, 그 당시 사회문제가 되었던 '페이오프(Pay off)제도'는 그 대표적이라 해도 될 것이다.

'어느 은행에 돈을 맡길 것인가를 결정하는 것은 당신이다. 만약 그 은행이 도산했다 해도 그것은 도산할 것 같은 위험이 있는 은행에 맡긴 당신의 자기책임이다.'

라는 것이 페이오프제도다. '은행이 도산하면 최소한 한 사람 당 1천만 엔의 예금과 그 이자밖에 보장받을 수 없다'고 하는 이 페이오프제도의 도입은 서민, 특히 노인으로서는 자신이 알 바·없는 일에 대해 책임을 지게 되는 것과 같다.

게다가 전혀 자기책임을 지지 않던 은행이 '앞으로는 예금자의 자기책임 시대다' 라는 식으로 말하니, 도저히 납득할 수 없다. 그러나 손해보고 우는 것은 자신이기 때문에 만에 하나를 위해서는 역시 분산해서 맡길 수밖에 없다.

그런데 분산하여 '어디에 맡기면 좋을까' 하고 고민하게 되면 적절하게 판단을 할 수 있는 사람은 극히 적다. 결국 '우체국 저축이라면 제일 안전하겠지' 라고 생각하게 된다.

그것은 아무튼 이와 같이 일본의 노인에게 자기책임을 요구하는 것은 자신이 아무것도 관여하지 않았는데 책임을 져야 한다는 것이다.

왜냐하면 일본 노인의 대부분은 자신의 자산을 늘리려고 열심히 노력했던 경험이 없기 때문이다.

'어떤 은행에 맡겨도 이자는 같다' 는 시대에 자산을 늘리려고 한다면 주식이나 펀드에 손을 대야 한다. 손해가 클 수도 있다는 것을 알면서 자금회전이 빠른 그런 금융 상품에 손을 댔다가 실패했다면, 이것은 분명 자기책임이다.

그런데 그렇게 못하고 은행이나 우체국에 부지런히 저

축만 할 수밖에 없었던 서민은 책임을 져야 할 짓은 아무것도 하지 못했다. 이를 테면 자신이 전혀 손대지 않은 일에 책임지게 하는 것 같다는 느낌이 드는 것이다.

그래도 만일의 경우 손해 보는 것은 자신이기 때문에 소중한 예금이나 퇴직금을 분산하지 않을 수 없는 것이 사실이다.

이런 것이 통용되는 것이 일본이다. 책임은 자신이 한 일에 대해서 지는 것이지만, 일본에서는 하지도 않은 것에 책임을 덤터기 쓰게 되는 경우가 있다.

왜 이런 일이 일어나는가 하면 역시 전술한 것처럼 책임의 소재를 애매하게 취급하기 때문이다.

이미 도입된 페이오프제도와 같이 국가 권력이 하는 일에는 간단히 대항 할 수는 없지만 일상생활은 이래서는 안 된다. 정확히 자신이 한 일에 대해 책임을 지는 한편, 자신이 하지 않은 것에 대해서는 '자신에게 책임이 없다'는 것을 분명히 주장해야 할 것이다.

그런 의미에서 책임을 덤터기 쓰는 사람은 상대에 대해서 자신에게 책임이 없다는 것을 정확히 주장하며 싸울 줄 모르는 사람도 있다.

Part 9

'노는 것'은 서로를
이해하는 첫걸음이다

어린 시절 놀기를 통해서 세상의 규칙들을 배운다.
어른이 되어서는 <u>스트레스 해소의 최고의 방법</u>이고
인간으로서 폭을 넓히는 중요한 역할을 한다.

생활방식에도 '노는 것'이 필요하다

세상에는 믿을 수 없을 정도로 고지식하고 한결같이 일에 몰두하고 있는 사람들이 있다. 물론 노는 것과는 인연이 멀고, 노는 시간을 낭비라고 생각하는 사람들이다.

'한 잔 마시러 갈 시간이 있으면 일을 더 하겠다.'

'놀 시간이 있으면 내게 도움이 될 공부를 하겠다.'

일반적으로 많이 나타나는 유형인데, 비즈니스맨 중에도 이런 사람들이 많다. 그만큼 일에 몰두하고 있기 때문에 일을 잘하는 사람이라고 생각하겠지만 반드시 그렇지만은 않고, 상사가 지시한 일을 열심히 해서 무난하게 처리하는 사람들이다.

노는 시간이 없기 때문에 새로운 정보나 타인의 신선한 사고방식 같은 것도 받아들일 수 없고, '우물 안의 개구리' 격으로 있기 때문에 일이 잘 될 리 없다.

그것뿐이라면 좋은데, 노는 것을 모르는 사람은 자신의 업무 조절이 서투른 사람이기도 하며, 업무 진행을 잘 못해서 정신과 병원 신세를 지는 사람도 적지 않다.

이것을 자동차로 본다면 조종법이 서투른 것이고, 운전을 잘 못하는 것과 같다. 차의 스티어링(Steering)에는 반드시 '놀이(유격)'가 있다. 만약 이 놀이가 없으면 핸들에서의 전달이 곧바로 바퀴에 전해져서 대수롭지 않게 핸들을 잘못 돌림으로써 사고를 일으킬 가능성이 훨씬 높아진다.

노는 것을 모르는 사람도 마찬가지로 정신적인 여유가 없기 때문에 하나 잘못하면 우울증이나 알코올 중독 등의 정신적인 장해를 일으키게 된다.

이런 사람이 병원에 오면, 노는 마음이 없는 고지식한 유형이기 때문에 우울증의 경향이 있다는 것을 진단하기도 전에 한눈에 알 수 있다. 물론 선입관을 가지고 환자를 진단할 수는 없지만 '연령보다 늙어 보이고, 웃음을 잊고 있다'는 공통점이 있기 때문에 외관으로 대체적인 진단이 나오고 만다.

말할 것도 없이 우울증이나 알코올 중독에 걸리는 원인은 스트레스다. '잘 배우고 잘 논다'라는 말이 있듯이, 우리는 공부함(일함)으로써 생기는 스트레스를 노는 것에 의해 발산하여 정신적인 균형을 유지한다.

그런데 노는 시간을 아까워하는 사람들은 이 균형을 유지하지 못하고 스트레스가 천천히 조금씩 쌓이게 된다. 그런 의미에서 스트레스에 둔감한 사람이 좋은 것인지는 모르겠다. 보통 사람이라면 어느 정도 스트레스가 쌓이면 자연히 그것을 발산시키는 방향으로 향한다.

'오늘은 더 이상 하면 안 되겠다. 한 잔 하러 가자.'

하고 노는 곳으로 향한다. 그러나 노는 것을 모르는 사람들은 스트레스에 둔감하기 때문에 참고 견딘다. 이 때문에 스트레스는 점점 쌓이고, 그것이 폭발함으로써 정신적인 장해를 일으키게 된다.

게다가 한 번 우울증에 걸리면 치료하는 데 상당한 시

간이 걸린다. 노는 것도 모르고 취미도 없기 때문에 일에 적응할 수 없게 된 것에 대한 불안이나 병에 대한 불안만 더해 가기 때문이다.

이런 점에서도 알 수 있듯이 우리 인간의 심신이 모두 건강하기 위해서는 노는 것이 불가결한 요소인 것이다.

어린 시절에는 놀기를 통해서 세상의 규칙들을 배운다. 친구와 싸움을 함으로써 아픔을 느끼고, 장난감 빼앗기에서 자신의 것과 남의 것과의 구별을 기억하고, 또 자신이 나쁜 짓을 했을 때에는 사과하는 것, 모든 것에는 순서가 있다는 것 등, 실로 많은 사회적인 규칙들을 배운다.

젊은이들의 범죄가 늘고 있는 원인 중의 하나로써, 어렸을 때 친구와 밖에서 놀지 않았던 것을 들 수 있을 정도로, 아이로서 노는 것은 중요하다.

그리고 어른이 되어도 노는 것은 스트레스 해소의 최고의 방법일 뿐만 아니라 인간으로서의 폭을 넓힌다는 중요한 역할을 하고 있다. 놂으로써 보다 넓은 지식을 흡수할 수 있는데다가 마음의 여유가 생기기 때문이다.

이 여유가 없는 사람과 만나고 있으면 뭔가 어수선해서 이쪽까지 피곤해진다.

한편, 마음에 여유가 있는 사람과 만나고 있으면 이쪽 마음도 온화해진다. 사회생활을 하고 있는 이상, 어느 쪽의 사람 주위에 사람이 모이는가, 이것은 당신이 더 잘 알고 있을 것이다.

취미가 그 사람을 활기 넘치게 한다

최근에는 섣불리 남자다 여자다 하고 구분하면 남녀불평등이라고 할지도 모르겠지만, '남자는 취미로 살아야 한다'고 입버릇처럼 살아온 분이 있다.

그는 장남으로 태어나 집안에서 운영하고 있는 주점을 물려받아야 할 위치에 있었다. 하지만 부모의 기대에 반하여 자신의 길을 갈 것을 결심했다.

그렇게 되자 주점 경영은 누이가 맡게 되었고, 자신은

풍류를 연마하는 데에만 전념했다. 이른바 일에 대해서는 게으름을 피웠고, 놀기에만 열심히 하고 있었던 것이다.

그런데 그가 즐기는 풍류가 주점의 격을 더욱 높이는 효과를 가져다주게 되었다.

이와 같이 취미나 놀이를 일에도 활용하면 나무랄 것 없지만, 나 같은 사람으로서는 도저히 흉내 낼 수 없는 일이다. 그래서 나는 일은 일, 취미는 취미라고 딱 부러지게 하고 있다.

나의 놀이 겸 취미는 비행기다. 타는 것도, 보는 것도, 읽는 것도, 엔진 소리를 듣는 것도, 물론 조종하는 것도, 특히 비행기에 관한 것이라면 무엇이든 즐기고 있다.

상당히 오래 전의 일인데, 당시 최신 기종인 보잉 767을 시뮬레이터로 조종한 적도 있다. 이 시뮬레이터는 조종사의 훈련용이기 때문에 이것저것 모두가 진짜와 똑같이 만들어져 있다.

물론 날씨도 천둥에서 폭풍까지 연출되며, 시야로는 도쿄 타워뿐만 아니라 파리의 에펠탑도 보인다. 그리고 나리타공항은 물론이고 파리의 드골 공항이나 뉴욕의 케네디 공항에 이착륙을 시도해 볼 수도 있다.

하네다 공항이 눈으로 새하얗게 덮인 광경을 본 적이 없었던 나는 이 시뮬레이터로 눈이 내리는 날의 착륙을 시도해 보았다. 그런데 곤란하게도 공항은 천지가 하얗게 덮여 있어 어디가 활주로인지 알 수가 없었다.

'자, 내리십시오' 라는 말을 듣고 기가 죽었던 것을 기억한다.

그러나 세계에서 착륙이 가장 어려웠던, 예전에 홍콩에 있는 카이타크 공항에는 성공적으로 착륙했다. 숲의 나무처럼 죽 늘어선 빌딩 사이를 아슬아슬하게 빠져나가서 착륙 준비를 해야 하며, 공항 자체가 매우 좁아서 섣불리 하다가는 바닷속으로 추락하고 만다.

그런 공항에 훌륭하게 착륙을 했으니 나의 조종 솜씨도……. 아무튼 비행기 이야기만 나오면 나도 모르게 열중해 버린다.

나잇살이나 먹은 사람이 비행기는 무슨 비행기냐 해도 어쩔 수 없을 것 같다. 몇 살을 먹든 취미는 취미. 게다가 그것이 내일을 사는 나의 힘이 되고 있는 것이다.

놀이나 취미는 이와 같이 그 사람에게 힘을 준다. 노는 마음을 지니고 있는 사람, 뭔가 몰두할 수 있는 취미를 가지고 있는 사람이 항상 활기차게 살고 있는 것도 이 놀이의 힘을 깨닫고 있기 때문이다.

당신도 많이 놀아 보기 바란다. 그리고 놀이에 의해서 마음의 여유를 갖게 되면 그것이 당신의 기량을 보다 더 크게 해 줄 것이다.

놀고 싶어 하는 사람일수록 일을 잘한다

비즈니스맨의 경우, 그 사람이 일이나 놀이에 어느 정도 열심인가는 출장을 가 보면 쉽게 알 수 있다. 하긴 최근에는 교통수단의 발달로 당일치기 출장이 늘고 있다고 하니, 그렇게 되면 도저히 여유롭게 놀이를 즐길 여지가 없을 것 같다.

하지만 그래도 놀고 싶은 사람들은 여러 가지로 궁리하여 놀이의 요소를 찾고 있다.

예를 들면, A씨의 경우는 1박 2일의 출장을 다음과 같이 지내고 있다고 한다.

출장지에서 그날의 일을 마치면 우선 호텔로 돌아가 샤워를 하고, 잠깐 쉬었다가 저녁을 먹으러 거리로 나간다. 적당한 음식점에서 식사를 마치면 다시 호텔로 돌아가 그날의 보고서를 작성한다.

그것이 끝나면 겨우 방에 있는 냉장고에서 맥주를 꺼내 텔레비전을 보면서 마시고, 내일을 대비하여 일찌감치 취침에 들어간다.

"이튿날 아침에 첫 비행기나 열차로 돌아가는 일이 많기 때문에 도저히 밤에 놀러 다닐 시간이 없습니다."

이런 식으로 보내는 A씨에 비해 술을 좋아한다는 B씨의 하루는 상당히 다르다. 일이 끝나면 호텔로 돌아가 샤워를 하는 것까지는 같으나, 그 다음에 바로 보고서를 정리하기 시작한다. 빠르면 9시, 늦으면 10시경에 끝나는 경우도 있다. 그때까지는 저녁 식사를 참는다. 그런 다음 밤거리로 나가 그 고장의 명산물을 술안주로 저녁 식사와 함께 반주를 즐긴다고 한다.

"될 수 있으면 간단히 먹을 수 있는 작은 요릿집을 택합니다. 담백하고 상냥하게 이야기를 할 수 있고, 그 고장의 최신 정보를 얻을 수 있기 때문입니다."

좋아하는 술을 마시면서 그 고장의 지식을 얻는다. 물론 그런 지식을 다음 상담에 활용할 수 있는 것이다.

"아무튼 일석이조죠. 게다가 때로는 옆에서 술을 마시고 있는 다른 손님과 함께 2차를 가는 경우도 있습니다. 이 것도 출장의 즐거움 중 하나로, 이런 가게를 통해서 여러 사람과의 대화를 즐기고, 때로는 친구까지 생기니까요."

호텔로 돌아오는 시간은 새벽 2, 3시가 될 때도 있다고 하는데, 이튿날 열차나 비행기 안에서 잘 수 있기 때문에 큰 부담이 없다고 한다.

또 다른 사람 C씨는 놀이의 테마를 정하여 출장지에서 한가한 시간에 그 테마를 즐긴다고 한다. C씨가 일본으로 출장을 갈 때 정한 테마는 메밀(소바)로, 그 고장에서 가장 맛있는 메밀국수를 맛보는 것이었다.

"해초를 넣어 면이 쫄깃쫄깃한 메밀국수를 먹으러 갔다가 메밀국수로 유명한 고장의 메밀국수를 먹게 되는 그런 의외성이 또 즐겁답니다. 물론 메밀을 좋아하기 때문에 시작한 것이지만, 또 한 가지 이유는 다이어트였습니다. 출장을 가면 자신도 모르게 맛있는 것을 너무 많이 먹기 때문에, 하다못해 한 끼니는 메밀국수로 하자고 생각한 것입니다."

메밀국수를 먹기 시작한 지 5년째 접어들었고, 소문난 메밀국수집 50곳을 다녀왔다고 한다.

이 C씨와 같은 사람이 의외로 많다. '순두부' '비빔밥' '묵사발' '추어탕' '칼국수' 등 다양한 음식 맛을 보려고 여행 삼아 찾아다닌다. 이런 음식뿐만 아니라 전국의 산이란 산을 전부 오르는 것에 도전하고 있는 사람도 있다.

모처럼 낯선 고장을 찾아가는 것이니, 나는 A씨와 같이 지내는 것은 아깝다는 생각이다. 비록 업무상 출장이라고는 하지만 여행의 즐거움을 맛보는 것은 결코 나쁜 일이 아닐 것이다.

그리고 그 여행의 즐거움은 그 고장의 문화나 역사를 접함으로써 커지는 것이다. 게다가 출장 자체가 A씨로서는 스트레스가 되고, B씨나 C씨는 스트레스를 해소할 수 있는 기회가 되는 것이다.

'모처럼 낯선 고장에 가는 것이니 그 고장에서 어떻게 즐길까?'

이와 같이 놀고 싶어 하는 마음이 있는 사람은 언제 어

디서나 놀이를 찾으려고 한다. 이것이 바로 '마음의 여유'
인 것이다.

인간관계의 윤활유, 유머의 효용

오락 프로그램이 생긴 지 상당히 오래되었지만, 텔레비전에서는 아직까지도 오락 프로그램이 큰 인기를 끌고 있다. 각 방송사에 일주일에 몇 편씩 편성되어 있으니 말이다.

'웃음이 없다면 제명에 살지 못할 것이다' 라고 할 정도로 우리의 일상생활은 스트레스 투성이다. 그래서인지 자연스럽게 오락 프로그램을 받아들이는 것인지도 모르겠다.

진지하게 자신의 장래를 생각하고, 혹은 가족을 먹여

살릴 방도를 고민해야 할 요즘, 그렇게 웃고 있을 수만은 없다고 생각하지만, 그래도 웃음이 넘치고 있다는 것은 좋은 일이다.

민족간의 분쟁을 계속하고 있는 나라나 매일 몇 천 명씩 아이들이 굶주려 죽어 가고 있는 나라에서는 도저히 이와 같은 웃음소리를 들을 수 없을 것이다.

때문에 나는 모든 사람들이 웃을 수 있는 것은 좋은 일이라고 생각한다.

다만 문제는 웃음의 질이다. 물론 개중에는 유머 감각이 넘치는 연예인이 없는 것은 아니지만 모든 시청자들이 아무튼 웃어 준다면 된다는 인기성만을 노리고 진행하는 이러한 오락 프로그램이 있다는 것이 문제인 것이다. 이러한 오락 프로그램에서는 지성이라는 것이 없기 때문에 '요즘 젊은이들은 유머 감각이 없다'고 지적하는 것도 이런 웃음의 질이 영향을 끼치고 있기 때문인지도 모른다.

실례로 유머 감각이 듬뿍 담긴 낙서 하나를 소개한다.

'태평한 잠을 깨우는 조키센 단 4잔에 밤잠 못 이루고'

여기서 조키센(上喜撰)은 일본 막부 시대에 개발한 고급차(茶)이다. 이 차를 넉 잔만 마시면 흥분되어 밤에도 잠을 잘 수 없었다고 한다. 그러던 당시에 우라가 항에 증기선 4척이 입항하게 되었는데, 4척의 증기선이 '태평한 잠'을 깨운 것을 고급 차에 비유하여 밤잠을 이룰 수 없게 했다고 풍자했다.

이것은 낙서로 되어 있는 것인데, 단 4척의 증기선이 온 것 가지고 우왕좌왕하며 밤잠도 자지 못하고 큰 소동을 벌인 모습을 고급 차에 비유한, 극히 객관적이고 해학적으로 묘사한 것이다.

물론 이것은 막부 말기 때의 낙서지만, 이런 시사적인 것이나 인물을 풍자한 유머가 듬뿍 담긴 익명의 낙서가 무명의 서민들에 의해 당시 위정자의 대문이나 사람들이 많이 다니는 저잣거리에 세워졌다.

또 오래 전부터 놀이패나 만담가들이 해학과 풍자가 담긴 이야기로 서민들의 웃음보를 터뜨리게 했다.

'응애 하고 태어나면서부터 쓰러져 죽을 때까지의 인생, 모두가 좋다고 하는 사람은 이 세상에 한 사람도 없다.'

라는 시구를 남긴 사람도 있고,

'서툴러도 유통성 있게 잘한다. 오늘 아침에도 전당포에서 칭찬받았다.'

라며 유머를 듬뿍 담아 노래한 이도 있다. 47세에 지병으로 쓰러진 어느 작가는 '○○○베개, 나는 편히 자겠다'라는 시구를 남기고 죽었다.

이와 같이 자신의 죽음조차도 웃어 넘길 정도의 유머 감각을 누구나 지니고 있다. 이런 유머에는 인간관계를 원활하게 해 주는 윤활유의 역할이 있다는 것을 잘 알고 있다.

이런 유머 감각은 그 누구의 유전자에도 들어 있는 것이다.

그 유전자를 눈뜨게 하여 대화에 적당한 유머를 섞음으로써 상대의 마음을 열 수 있고, 상대에게 친근감이나 편안함을 줄 수도 있다.

다만, 그 유머는 상대의 마음을 배려하여 누구도 상처 주지 않는 것이어야 한다. 지금의 버라이어티 쇼에서 웃음이 부족한 것은 이 배려하는 마음 때문이다.

유머 감각을 몸에 배게 하려면

그러면 도대체 어떻게 하면 유머 감각을 몸에 배게 할 수 있을까? 좀 더 빠른 길은 유머 감각이 있는 사람에게 제자로 들어가는 것이다.

그런 의미에서 나의 스승은 서점을 운영했던 타나베 모이치 씨였다. 타나베 씨와 여행하면 나는 끊임없이 몸을 단정하게 하고 긴장하고 있어야 했다. 언제 어디서 어떤 농담이 날아올지 모르고, 언제 어디서나 어떤 농담에 대해서도 즉시 대응할 수 있도록 준비하고 있어야 했다.

때로는 그 농담이 기관총처럼 나오는 경우도 있었다.

게다가 신속하게 반응하기 위해서는 지체할 여유도 없을 정도로 타이밍을 맞춰야 했으며, 일반상식이나 잡학상식까지 요구되었다. 즉, 뇌 세포가 활성화되고, 뇌의 혈류가 좋아지는 절대적인 효과를 발휘하도록 농담에 대해 즉석에서 대응해야 했다. 그렇기 때문에 나와 같은 늙은이에게는 최고의 치매 예방법이 아닌가 한다.

이런 노력이 결실을 맺어 상대의 농담을 초월하는 유머로 바뀌었을 때는 더 할 나위 없이 두 사람의 마음을 온화하게 해 줬다.

이와 같이 나는 타나베 씨의 농담에 대응하기 위해 노력함으로써 유머 감각을 익힌 것 같다는 생각이 든다. 그리고 유머 감각을 익히려면 그날그날의 온갖 뉴스에서 역사, 문학, 음악, 과학, 유행, 문화, 놀이 등 온갖 지식이나 잡학이 요구된다. 물론 나를 포함해서 누구든 그렇게 많은 지식이나 교양에 대응할 사람은 없다.

그래서 중요한 것은 상대에게 맞추는 유머 감각이다. 상대가 그것을 알고 있기 때문에 유머가 되는 것인데, 모르는 사람에게는 농담도 안 통한다.

더구나 또 어느 정도의 농담이 상대에게 상처를 주지 않을 것인지도 판단해야 한다. 서로가 좋아하는 유머가 있어서 그것을 서로 즐길 수 있는 것은 서로가 이해하고 있기 때문이다.

이 유머와 놀고 싶어 하는 마음은 매우 비슷하다. 우리가 놀고 싶어 하는 사람을 좋다고 하는 것은, 그 놀고 싶은 마음이 결코 남에게 해를 주지 않는다는 데 전제가 있음으로써 가능한 것이다.

당신도 많이 배우고 남에게 불쾌감을 주지 않는 범위에서 많이 놀기를 바란다. 그 놀이가 당신의 심신을 건강하게 하고, 게다가 주위 사람들에게 친근감과 편안함을 주는 원천이 되기 때문이다.

Part 10

'완벽하지 않은 것'도
풍부한 인생을 살기 위한 방편이다

**이 세상에 완벽한 사람은 없다. 맹렬히 살아도 일생은 일생,
여유롭게 살아도 일생은 일생이다.
이것을 실천할 수 있을지는 당신의 기량이다.**

큰 기량은 어디서 생기는가

'매력적인 사람이란 어떤 사람인가' 라는 물음에 누구나 가장 먼저 떠올리는 사람은 '그릇이 큰 사람' 이 아닐까.

그러나 '그릇이 큰 사람이란 어떤 사람인가' 라고 물어도 결코 한마디로 표현기가 어렵다. 지금까지 이 책에서 소개한 매력 있는 사람, 사람을 끌어 모으는 사람, 편견이 없는 공정한 사람 등을 모두 합치면, 이 '그릇이 큰 사람' 이 될지도 모른다.

이와 같이 한마디로는 표현하기 어려운 것이 '그릇이 큰 사람'이라는 것일까.

그런 사람에게 공통되는 것이 '멸사(滅私, 사사로운 욕심이나 정을 버림)' 혹은 '나를 잊는' 마음이다.

자신의 목숨보다 매우 소중한 전서(全書)를 남기려고 한 사람이나, 자신의 목숨을 바쳐서도 나라를 구하려 한 사람, 궁지에 몰렸음에도 자신의 뜻을 굽히지 않는 사람이 '그릇이 큰 사람'이며, 그런 사람들의 인간성이나 재능을 평가한 사람 역시 '그릇이 큰 사람'이라고 말할 수 있지 않을까.

그리고 그들에게 공통되는 것은 '멸사'의 마음이다.

'사(私)'를 최우선하는 것이 아니라 무엇이 중요한가를 객관적으로 확인하는 자세를 말하며, 이것은 현대에서도 '공정한 판단'을 하는 데에는 불가결한 요소이다.

'망사이타(忘私利他)', 즉 나를 잊고 타인을 이롭게 하려고 하는 말도 있지만 우선 상대를 생각하는 사람에게는 반드시 많은 사람들이 모여들게 마련이다.

사람은 원래 넓은 도량을 가지고 있다

이렇게 '그릇이 큰 사람'들은 어디에나 있었던 것 같다.

다음의 에피소드는 사람의 기량의 크기를 말하는 것이라 해도 좋을 것이다.

제1차 세계대전에서 일본군의 포로가 된 독일군이 수용소에 있게 되었다. 그 당시의 대우는 무인의 예우처럼 명예로운 군인으로서 예를 다하여 대했다.

그러던 어느 날, 이 포로들은 악기를 갖고 싶다고 했다.

소원을 들어주고 싶다는 선의의 소리가 일본 전역으로 퍼지면서 당시에 귀했던 악기들이 이 수용소로 모아졌다.

그리고 크리스마스 전날 밤, 독일군 포로들은 그 악기로 일본에서 처음으로 베토벤 제9교향곡을 연주했다. 그 이래로 오늘날까지 일본에서는 제9교향곡을 연말에 연주하게 되었다고 한다.

이 제1차 세계대전을 계기로 일본뿐만 아니라 일본 사람들도 크게 변화하게 되었는데, 그때까지의 일본 사람은 외국인에 대한 차별 의식도 없고, 올 사람은 받아들인다는 마음이 넓은 민족이었다.

이야기가 빗나갔지만, 다른 이야기를 들어보자.

한 의사가 '부상당한 병사는 이미 병사가 아니다' 하고 적 · 아군 없이 치료를 하고 있었다.

그 의사가 파리 만국박람회에 파견되어 프랑스로 건너간 것은 1867년이었다. 거기서 그 의사는 서양의 근대 의학과 접하게 된 것은 말할 것도 없으나, 그 이상으로 그 의사에게 영향을 준 것은 국제적십자의 존재였다.

그 의사가 프랑스로 건너가기 8년 전에 이탈리아를 여행하고, 때마침 전쟁터 부근을 지나던 스위스 출신의 한 청년이 있었다. 이 청년은 비참한 광경을 목격하고 아연실색해서 그 자리에 멍하니 멈춰 서 있었다. 총탄을 맞은 병사, 검에 찔린 병사들이 괴로워하며 나뒹굴고 있었다. 누구 한 사람 도와줄 사람 없는 전쟁터에 그대로 방치되어 있는 것이었다.

이 청년은 앙리 뒤낭(Anri Dunant)으로, 그의 눈에는 적군도 아군도 없었다. 그는 필사적으로 마을 사람이나 여행자에게 협력을 호소하며 부상당한 병사들을 구호했다.

'부상당한 병사들은 이미 병사가 아니다. 한 사람의 인간에 불과하다.'

그것을 깨달은 뒤낭은 적·아군 구별할 것 없이 같은 인간으로서 그 존귀한 생명을 구해야 한다고 책으로 엮어 국제구호단체의 창설을 호소했고, 이것이 계기가 되어 1864년에 15개국이 참가하여 '국제적십자'를 탄생시켰다.

그로부터 3년 후에 파리 만국박람회에 파견된 그 의사가 군인구호회의 전시에서 그런 사실을 알고 몹시 감동했을 거라는 것은 상상하기에 어렵지 않다.

그리고 또 1년 후, 그 의사는 뒤낭이 본 광경과 똑같은 광경을 목격했다.

그는 주저하지 않고 행동에 옮겼다. 뒤낭이 한 것처럼, 국제적십자 규약에 따라 적·아군 구별할 것 없이 부상당한 병사들의 구호에 분주했다. 아마도 일본에서는 최초이자 최후의 광경이었음에 틀림없다.

옳다고 생각하는 것은 곧바로 실행에 옮긴다. 한창 전쟁이 벌어지고 있는 와중에도 그 의사가 보인 행동도 바로 그와 같은 것이다.

당신 마음속에도 그들과 같은 유전자가 숨 쉬고 있을 것이다.

자신이 우위에 섰을 때야말로
겸허해질 수 있는 사람이다

그 사람의 인격은 신분이나 지위에 의해 변하는 것은 아니다.

그런데 실제 사회에서는 단지 상사라는 이유만으로 부하직원에게 사리에 맞지 않는 것을 강요하는 사람, 하청업자나 발주처의 영업사원에게 호통 치는 사람, 부모의 위세를 믿고 젠체하는 사람, 정치가라는 이유만으로 잘난 체하는 사람 등 신분이나 지위에 의해서 인간성이 변하는 사람들로 넘쳐 나고 있다.

그런 의미에서 보면 현대도 봉건시대와 별로 달라지지 않았는지도 모른다. 함부로 뽐내는 상사에게 싫증이 나서 직장을 그만두려고 생각한 사람도 있으니 말이다.

그러나 개중에는 신분이나 지위 등은 전혀 문제 삼지 않고, 누구나 대등한 인간으로서 만난 사람들도 있다.

"내가 감탄한 것은 나에 대해 중신에 대한 예의를 잃지 않고, 전승한 위세로 패전 군의 장수를 경멸하는 태도도 전혀 보이지 않았다는 것이다."

승자의 방자함은 조금도 보이지 않고 존경과 신뢰로 중신으로 맞이한 이러한 사례가 바로 그것이다.

이와 같이 자신이 우위에 섰을 때야말로 겸허해져야 한다. 이것 역시 기량의 큼을 아는, 매우 알기 쉬운 경우라 할 수 있다.

이때다 할 때 여유로워질 수 있는 비밀

사람과 만나고 있을 때 방정맞게 무릎을 흔들거나 눈을 두리번거리며 움직이는 등 침착하지 못한 사람치고 기량이 큰 사람은 없다. 역시 이미지로 보더라도 도량이 넓은 사람은 묵직하고 여유로운 자세를 취하고 있는 법이다.

카이슈는, 사이고의 모습에서는 '일대사를 앞둔 긴장감은 전혀 볼 수 없었다'고 하는데, 이것은 사이고가 극히 자연스럽게 선입관을 갖지 않은 태도로 카이슈를 대했기 때문이다.

'카이슈 씨를 처음 만났습니다. 놀라운 인물입니다. 저는 그를 재기불능하게 만들 작정이었는데, 즉시 머리를 숙였습니다. 지략이 상당히 뛰어나 헤아릴 수 없을 정도의 인물입니다. 영웅 기질이 뛰어난 인물입니다. 현실 대처 면에서는 그 누구보다 위입니다. 카이슈 선생에게 완전히 반해버렸습니다.'

이것은 사이고가 처음 카이슈를 만났을 때의 감상을 적은 것이다.

인간이라는 것은 상대보다 우위에 서려고 하거나 상대를 쓰러뜨리려고 하면 긴장하게 된다. 그 긴장감은 상대에게도 곧 전해진다. 첫 대면에서 긴장감이 넘치는 것도 서로가 상대에 대해서

'어떤 사람일까?'

'좋은 인상을 주자.'

'우위에 서고 싶다.'

는 등 여러 가지 잡념을 갖기 때문이다. 무의식중에 자신과의 우열이나 거리, 적이냐 아군이냐 하고 판단하려고 하는 일종의 방어 본능이라 해도 좋을 것이다. 그리고 이

방어 본능의 갑옷은

　'자신에게 위험을 줄 걱정은 없다.'

　'좋은 사람이구나.'

　등의 안심 자료에 의해서 얇아지며, 반대로 불안 자료로 인해 두터워진다. 게다가 어느 한쪽의 갑옷이 두터워지면 상대의 갑옷도 두터워지고 양자의 거리는 벌어진다.

　반대로 이 갑옷이 얇으면 얇을수록 양자의 거리는 좁혀지고 긴장이 풀리게 된다. 항상 여유로운 사람이라는 것은 이 갑옷이 극히 얇은 사람들이다.

　'어느 쪽이 우위면 어떤가.'

　'뭐, 탁 털어놓고 숨김없이 합시다.'

　항상 상대에게 이런 메시지를 보내고 있기 때문에 상대의 방어 본능도 약해지고 여유로운 기분이 될 수 있는 것이다.

　'저 사람과 이야기하고 있으면 왠지 모르게 여유로운 기분이 들어.'

　틀림없이 당신 주위에도 이런 사람들이 있다고 생각한다. 그런 사람들은 방어 본능의 갑옷을 몸에 걸치지 않고 있다. 상대에게 긴장감을 주지 않고 살짝 감싸주는 사람, 우리들은 그런 사람에게 매료되는 것이 아닐까.

여유로우면 '앞'이 보인다

에도 시대에서 메이지 시대(1868~1912, 메이지 천황 시대)
로 바뀌면서 유신에 의해 세상이 완전히 변했다는 인상을
받는데, 유신에 의해 변한 것은 정권이 막부에서 조정으로
옮겨진 것 뿐이다.

극단적인 표현을 하면 메이지 시대의 기반을 구축한 것
은 에도 시대이며, 게다가 그 근대화의 중심 인물은 근왕의
지사가 아니라 막부 최고의 한 사람이었다.

'도쿠가와 가(家)밖에 생각하지 않는 완고한 사람.'

'일본을 프랑스에 팔아넘기려 한 매국노.'

당시 이런 혹평을 받은 오구리는 미일 수호통상조약 비준서 교환을 위해 미국으로 건너가 외국 장관, 군함 장관, 민치, 재정, 소송을 담당하는 장관 등의 요직을 역임했다. 이른바 카이슈의 라이벌이라고도 할 수 있는 유능한 인재였다.

토도(藤堂) 가(家)의 배신으로 인해 막부 군은 붕괴되고, 토바 후시미(鳥羽伏見)의 싸움에서 도망쳐 온 요시노부(제15대 막부 최후의 쇼군)가 에도 성에서 대 평정을 결의하는 자리에서 요시노부의 소매를 잡고 철저히 항전을 주장한 에피소드는 유명하다.

그것도 단지 닥치는 대로 싸우려는 것이 아니라 관군을 완전히 붕괴시킨다는 승산에 의거한 주장이었다. 관군의 선두가 산중으로 들어갔을 때 관군이 몸을 숨길 장소가 없는 해안가에서 군함으로 후속 부대를 포격한다는 것으로,

'만약 이 작전이 실행되었다면 우리들의 목숨은 없었을 것이다.'

하고 육군 창립자가 후에 기술하고 있듯이, 해군력이

압도적으로 우위였던 막부의 승리는 거의 틀림없다는 작전이었다.

이 작전은 오구리의 재능의 일부에 불과하지만 그밖에 메이지의 기반은 오구리가 구축했다고 해도 좋을 정도로 갖가지 개혁에 손을 대고 있었다.

예를 들면, 관리가 그 역할에 의해서 받는 녹봉을 폐지하고 임원 봉급표를 만들어서 급여 체계를 합리화하거나 무역의 이익을 독점하는 외국 상사에 대항하기 위해 일본 최초의 주식회사를 설립하기도 했다.

그 외에 가스등 설치, 우체국 설립, 화약 제조소나 대포 제작소의 설치, 철도 건설, 반사로(반사열에 의해 금속이 용해된다) 건설, 외국어 학교 창립, 상공회의소 설립 등 메이지의 상징이라고도 할 수 있는 여러 가지 사업들이 모두 오구리에 의해서 시작된 것이었다.

그중에서도 오구리의 대표적인 공적이라고도 할 수 있는 것이 있다. 세계 굴지의 제철, 조선, 조기(造機, 기관이나 기계를 만듦) 공장 건설을 계획하고 그에게 착수하게 한 것이었다. 게다가 이 제철소의 운영에 관한 오구리의 사고방식은 주목할 만한 가치가 있었다.

예를 들어, 과장·부장이라는 명칭을 채택하여 명령 계통을 철저히 하고, 작업 시간·승급·휴가라는 고용 시스템을 확립시켰다. 또 유니폼이나 실력주의 채택 등 일찍이 없었던 근대 경영의 기초를 구축한 것이다.

또한 주목받는 것은 '장부 기입법' 이라는 번역서(1873년)가 출판되기 10년 전에 유럽의 부기를 도입했다는 것이다.

게다가 오구리는 이런 사업을 막부가 붕괴될 것을 알고도 추진했다. '제철소 건설의 비용을 어떻게 마련할 것인가' 라는 질문에 오구리는 웃으면서 이렇게 대답했다고 한다.

'지금의 경제는 필요에 따라 그저 변통하고 있을 뿐이다. 제철소를 만들지 않는다면 그 자금으로 다른 커다란 일을 했겠는가 하면 그렇지 않다. 헛되이 사라졌을 뿐이다. 때문에 이 제철소를 만드는 것이 경비 절약의 구실이 되어 좋을 것이다. 그리고 결국 이 제철소가 완성되면 가치 있는 것을 남기는 것인 만큼 막부의 명예에도 남게 될 것이다.'

가까운 장래의 문제에 우왕좌왕하는 막부 최고의 수뇌부가 많았던 그 당시에 막부 붕괴를 인식하면서 후세를 위해 전력을 다한 것이다.

　이런 선견지명 역시 기량이 큰 사람들이 공통적으로 가지고 있는 것이 아닐까 한다.

---
point **6**
어떤 일에도 '80퍼센트' 주의면 족하다

'온갖 문제에 전력을 다한다.'

우리는 이런 자세를 매우 높이 평가한다. 특히 젊은이들이 전력을 다해서 일이나 놀이에 도전하고 있는 모습은 아름답다고 해도 좋을 것이다. 그러나 정신과 의사인 나는 이렇게 모든 일에 전력을 다해 도전한 사람일수록 좌절했을 때 느끼는 좌절감은 더 크고, 우울증에 걸리는 사람도 많다는 것을 알고 있다.

이렇게 전력을 다한 사람일수록 완벽을 지향하는 사람

이 많기 때문이다. 그러나 유감스럽게도 이 세상에 완벽한 사람은 존재하지 않는다. 반드시 어디선가에서 좌절하고 괴로워 고민하게 된다. 물론 좌절해도 곧 재기하면 아무런 문제가 없지만 완벽주의자일수록 '왜 제대로 안 되었을까' 하고 심각하게 고민하게 되어 우울증에 걸리기 쉬운 것이다.

또 그들은 항상 전력투구를 하고 있기 때문에, 옆에서도 신경이 예민하고 긴장하고 있다는 것을 쉽게 알 수 있다. 이것이 사람을 멀어지게 하는 것이다.

당신도 신경이 항상 예민한 사람과 있다면 틀림없이 피곤해 할 것이다. 바꿔 말하면, 무슨 일이든 전력투구하는 사람은 주위 사람들을 피곤하게 하는 사람이기도 하다. 게다가 좌절도 많이 하기 때문에 아무튼 손해 보는 유형이라 해도 좋을 것이다.

나는 이런 사람에게 인생 80퍼센트주의를 주장하고 있다. 물론 전력투구라는 적극적인 자세는 높이 평가하지만, 인간은 본래 100퍼센트를 성취하지 못한다. 완벽을 추구하면 반드시 어디선가 무리가 생기고, 쓸데없는 부담감도 갖게 되는 것이다.

그러므로 '인생 80퍼센트' '80퍼센트라도 할 수 있다면 성과가 훌륭한 것이다'라고 생각하면 훨씬 기분이 편안해지고 여유도 생기게 된다.

'맹렬히 살아도 일생은 일생. 한가하게 유유자적하면서 살아도 일생은 일생이다.'

그렇게 생각하고 '인생은 80퍼센트' 주의를 실천하는 것이 인생을 훨씬 풍족하게 하는 것이다. 실은 이렇게 말하는 내가, 지금 실천하고 있는 것은 '인생은 60퍼센트' 주의다. 70대까지는 80퍼센트였지만, 80세가 넘으면서 60퍼센트로 바꾸었다.

내 나이가 되면 건망증도 심해질 것이고, 때로는 돋보기를 끼고 있으면서도 열심히 찾고 있는 것과 같은 행동을 할 것이기 때문이다. 이미 뇌 세포가 3, 40퍼센트는 죽어 있기 때문에 이 정도는 부득이 한 것이다.

완벽주의자인 사람은 이런 것도 허용하지 않는다고 생각하는데, 허용할 수 없다고 해도 고쳐지는 것은 아니다. 한 번 죽은 뇌 세포는 결코 재생하지 않는다. 그래서 아직 살아 있는 뇌 세포에 맞추어서 인생은 60퍼센트로 하면 되는 것이다.

'무슨 일이나 60퍼센트 할 수 있다면 더할 나위 없다.'

감히 무리해서 자신뿐만 아니라 주위 사람까지 피곤하게 하기보다는, 인생은 60퍼센트라는 태도로 바꾸는 것이 훨씬 느긋할 수 있다.

인생 60퍼센트라고 할 수 있는 것은 내가 이미 90대를 목전에 두고 있기 때문인데, 그렇지 않은 당신에게는 80퍼센트를 권장한다.

목표를 80퍼센트로 하면 당신은 20퍼센트의 여유가 생기게 되는데, 이 20퍼센트가 실로 중요하다. 예를 들면, 하루의 20퍼센트는 4.8시간이다.

수면 시간이 8시간이라 해도 일어나 있는 시간의 20퍼센트가 180분 이상이 되면, 당신은 매일 3시간을 자유롭게 사용할 수 있게 된다.

바빠서 가지 못했던 곳에도 갈 수 있을 것이고, 하지 못했던 것도 할 수 있을 것이다. 혹은 아무것도 하지 않고 바다나 산을 바라보고 있어도 좋고, 공원의 벤치에 앉아 지내도 좋다.

혹은 아무것도 하지 않고 지금까지 해 오던 대로의 생활을 하고 있어도 된다. 그래도 '자신에게는 자유로운 시간이 하루에 3시간이나 있다'는 것을 생각만 해도 당신의 인생은 변하게 된다. 놀랄 정도의 여유로움을 실감할 수 있을 것이다. 그리고 이 여유로움이 주위 사람들에게 안심을 느끼게 해 준다.

'맹렬히 살아도 일생은 일생. 한가하게 유유자적하면서 살아도 일생은 일생이다.'

그렇다면 한가롭게, 느긋하게 살 수 있다. 그것을 실천할 수 있을지 없을지는 당신의 기량이라 해도 될 것이다.

옮긴이 홍영의

전문 번역가. 출판에이전트.
역서로는 『성공하려면 기억하지 말고 메모하라』, 『뜻밖의 세계사』, 『인덕
경영』, 『실락원』, 『가슴속에 묻은 너』, 『해리포터의 비밀 교과서』, 『평범한
사람이 직장에서 성공하는 방법』등이 있으며 현재 후학 양성과 더불어 출
판 에이전시를 하고 있다.

나의 가치를 높여주는 좋은 만남(미니)

2008년 5월 20일 1판 1쇄 펴냄

지은이 | 사이토 시게타
옮긴이 | 홍영의
기획 | 김정재
디자인 | 하명호
마케팅 | 홍의식
펴낸이 | 하중해

펴낸곳 | 동해출판
등 록 | 제302-2006-48호
주 소 | 경기도 고양시 일산동구 장항1동 621-32
전 화 | 031)906-3426
팩 스 | 031)906-3427
e-mail | dhbooks96@hanmail.net

ISBN 978-89-7080-176-6 (03830)

* 값은 뒤표지에 있습니다.
* 잘못된 책은 구입하신 서점에서 바꿔 드립니다.